ウェッジ文庫

彼もまた神の愛でし子か

洲之内徹の生涯

大原富枝

ウェッジ

目次

第一章

――過去という井戸は深い。底なしの井戸と呼んでいいのではなかろうか。

トーマス・マン『ヨセフとその兄弟』序曲「地獄めぐり」より

その午後、わたしは隅田川に近い蠣殻町《かきがら》の街を歩いていた。地下鉄日比谷線の人形町で地上に出て、水天宮《すいてんぐう》の傍を通り、裏町を歩いていると、ふと真っ白に塗りあげたばかりの、掌を触れれば湿気が感じられそうな漆喰の築地塀《ついじべい》が眼にとびこんできた。真あたらしい築地で、陶《や》きあげられたばかりの屋根瓦を葺《ふ》いた、純日本式土塀である。

小公園か、子供の遊び場らしくもある。わたしはそちらへ折れていってみた。

しっかりした門があって、「蠣殻町公園」と書いてある。砂場やぶらんこがあって、奥の方に小学校らしい建物があった。築地の内側の草黄楊《くさつげ》の植込みのなかに『「少年」の像』と刻んだ御影石の碑が半ば埋もれてあった。関東大震災後に、帝都復興計画公園として昭和六年に現在の有馬小学校の敷地に設置され、六十二年に有馬小学校の改築にあわせて公園も改修された。完成を記念するとともに、子供たちの健やかな成長を願って彫刻家佐藤忠良氏の「少年」の像を設置する。と書いてあるが、肝心の少年像はないのであった。

ああ、これが有馬小学校、とわたしは声に出してつぶやいた。洲之内徹の晩年の子供である男の子が有馬小学校の何年生とかで、野球の選手だと、彼が書いていた文章を思い出した。それにしてもなぜ蠣殻町小学校ではなくて、有馬小学校なのかと、不審に思った。縄跳びをしていた女の子が二人寄ってきたので訊いてみた。有馬様がくださった学校だから、という返事であった。それで、わたしはまた思い出したのである。ずっと前に亡くなった友人、有馬頼義《よりちか》が幼いころの思い出を書いた文章のなかに出てくる、有馬家の下屋敷というのがこのあたりだった。

昔は、広大なその屋敷の庭先がもう川で、多分それは隅田川の本流ではなく、支流の箱崎川であったと思うが、とにかく庭先から自家用の川舟に乗って墨堤《ぼくてい》の花見などに行くことのできる土地であった。さらに、明治以前にはこのあたりは松平宮《く》内少輔《ないしょうゆう》という人の屋敷だったそうで、その名がいまも残っているのは、大泥棒だが義賊ともいわれた鼠小僧次郎吉がこの邸内で捕まったせいだ、と洲之内徹の文章のなかにある。

箱崎川は埋めたてられ、高速道路が走っている。その向うが中洲でいまは地続きになってしまっている。文字通り中洲のころは、隅田川と箱崎川、さらにその支流に三辺を囲まれ、橋を渡らなくてはこの町へは行けなかった。菖蒲橋、男橋、女橋、中洲橋、清洲橋と橋ばかりだったそうだが、いまは清洲橋だけが隅田川に架っている。水も橋もほかにはない。ドイツのライン川に架るケルンの釣り橋を真似て造られたというこの橋は、なかなか美しい均衡で、何よりも堂々と大きな存在である。一つには対岸に高層建築が川に迫っていないので、空が広々と高く、隅田川の水面が悠然として見え、その展望が昔の隅田川のおもかげを残しているせいであろう。橋上を車はもの凄いスピードで絶えまなく疾走してゆくが、両側に安全な歩道がついている。わたしはゆっくり眺めながら渡って行った。東京の下町はわたしにとっては異国に近かった。川水は澄んでいるわけではないが、ひと頃のように鼻をつくどぶ泥の悪臭はない。渡りついてこんどは反対側の歩道を引き返す途中、まん中あたりに足を止めて、右手から流入している小名木川《おなぎ》の合流地点や、その奥に一部分だけ見える万年橋を眺めたり、上流に架っている黄色の二本の円柱の鮮やかな新大橋の姿など、もの珍しくたっぷりと眺め味わった。

清洲橋や新大橋の界隈、浜町公園や甘酒横町界隈は、洲之内徹が深夜から暁け方へかけて、よく一人で散歩した地域であった。いつかの夜、彼が電話をかけてきて、四谷怪談のお岩と、いっしょに殺されたなんとかいう坊主が、一枚の戸板の裏表にしばりつけられて、四ツ谷川に流されたのが大川に流れ出てから、あげ潮、引き潮に弄ばれて小名木川の川口まで流れ寄る話が、荒唐無稽なつくり話ではなく、現実にあり得る話だという発見をしたと、長々と話したことや、やはり隅田川を航行していた「おいらん丸」という木村荘八の絵に出てくる隅田川の川船についての考察が、意外におもしろい発展をしてきたことについて興奮して長々と話したことを、わたしは思い出した。

『セザンヌの塗り残し――気まぐれ美術館』のなかに「おいらん丸追跡」を続、続と三ヵ月つづけて書いているころか、いや、その大分前だったにちがいない。

わたしと同じく四国育ちの彼にとっても、隅田川界隈は異国のようにもの珍しかったにちがいない。画廊を閉めて、誰もいなくなった深夜にかけているらしく、彼の電話はいつも三十分、五十分と長くつづくのであった。お互いに、隅田川界隈を眺める眼は、エトランゼのそれであったのだ、とわたしの心には亡くなってしまった洲之内徹への懐かしさが沸々と湧いてくるのであった。

彼が晩年の仕事部屋にしていた部屋は、高速道路が箱崎インターチェンジから下りる蠣殻町の、中央部がグリーンベルトになっている通りに面した貸しマンションの一室であった。

六階の二号室というその部屋へ、エレベーターであがって行き、廊下の様子だけわたしは眺めて下りてきた。鉄筋コンクリートのマンションの廊下というのは、例外なく陰気である。日あたりのいい各室のベランダ側は見るわけにゆかないので真昼でもうす暗くひんやりしている。岩丈な鉄扉が気むずかしくおし黙って並んでいる。強烈な拒絶の意志ばかりが押し返してきて、わたしはどうしても刑務所の廊下を思ってしまう。なんとも彼には似つかわしくない場所であった。二号室には、ある商事会社の日本橋寮という名札が出ていた。

グリーンベルトには雑多な樹々が植えられていて、常盤木《ときわぎ》も多いが、いまは落葉樹の芽吹きの季節である。十数本の桜の若木もあって、ちょうど五分咲きくらいであった。

その朝、わたしは、洲之内徹が「現役の女房」と文章のなかに書いているSさんというひとに電話をかけた。Sさんには、洲之内徹のことを書きたい希望を告げて、一度お目にかからせてほしいと手紙を出してあった。数日前のことである。多分拒絶されるであろうという予感を持ちながら敢えて書いたものである。もう一日二日くらいは返事を待つのが礼儀だと思ったが、もはや拒絶を確信していたので、電話をかけることにした。わたしは胸がどきどきしていた。どうぞやさしい人であってほしい、拒絶されるにしても怒られないでほしい、と祈る気持であった。

もしもし、Sです。

小学生とも思えないしっかりした大人っぽい男の子の応待である。中学上級か、高校生くらいに思われる。

恐れいりますが、お母様はお留守でいらっしゃいますか。

ほんの短い沈黙のあとで、

ちょっとお待ち下さい。

そのあとかなりの間、なんの物音もしない。

やがて、じつに柔かい静かな女性の声が、

お待たせしてすみません。お手紙いただきまして、どうご返事さしあげたものやら、思い悩みまして二晩ほどよく眠れなかったのでございます。やっと今朝したためまして投函したばかりでございますが……。

それは、それは。申しわけございません。ご返事お待ちもしないで電話なんかいたしまして。じつはご返事の内容にかかわらず、今日やっと暇がとれましたので、これから洲之内さんの暮していらした蠣殻町界隈を歩いてみたいと思いまして。下町のこと、わたし田舎者でよく存じませんのでちょっと教えて頂きたくて、いま地図をしらべているのですけど、地下鉄は人形町の駅でおりてよろしゅうございますか。

そうです。人形町でおりて水天宮さんのあたりから左へ折れてください。グリーンベルトにつきあたります。ご案内もしないでごめんなさい。いまごろグリーンベルトの桜がちょうど見ごろだと思います。洲之内さんがよく、公園なんかに堂々と咲いている桜はべつに見たくもないが、町中にひょろっと咲いている桜というのは、おれ、好きだなあ、って申しておりました。

その、町中にひょろっと咲いている染井吉野の十本かそこらの若木のまばらな花の風情は、なるほどと思う洲之内徹の好みを象徴していた。浜町公園の隅田川の岸のベンチで休みながらわたしは、自分と同じく四国の田舎町から出て来て、生涯を東京に暮して終った洲之内徹が、思いがけなく晩年を粋な下町に暮すことになった不思議さを、十分楽しんで毎夜このあたりを歩き回った飄々とした姿を思い描いていた。必ずしも彼の意志ではなく、むしろ思いがけなく、晩年になってSさんとの間に息子を持つことにならなかったならば、彼はこのあたりに住むことにはならず、戦後上京以来、住みつづけ、いまも部屋は借りたままになっている大森の、彼の表現によればぼろアパートの一室に最後まで暮すことになったにちがいない。そういう点、彼は頑固であった。

川のまん中を、客を溢れそうに乗せて下流に向って走ってゆく水上バスを、わたしは見送った。あの電話の、しっかりした利口そうな少年と、Sさんが暮しているマンションは、隅田川に面した少し下流の高層ビルにあるということである。Sさんが長く住んでいた蠣殻町の貸しマンションから、新しく買い取った下流のマンションに引き移ったあとを、洲之内徹はそのまま借りて、仕事部屋にしていた。

Sさんは名の通った婦人雑誌のベテラン編集者であった。勤務先の出版社から創刊されるはずの新しい女性誌の中枢に置かれている責任者の一人であった。昨年、創刊が決定されてからは、多忙きわまる日を過している。現在すでに百花繚乱、熾《し》烈《れつ》な販売競争をしている女性誌業界へ、さらに敢えて新誌をぶっつけてゆかなければならない業界の事情の困難さは推察できるものの、他人が考えてもしんどいのに、まして責任の一端を担う立場の人の限界ぎりぎりの働きぶりはわたしにも想像出来た。Sさんも血圧があがっているという。

創刊号をいま、死物狂いで作っております、と書かれていた。昨年の秋、創刊準備号がやっと校了まで漕ぎつけた忙しさの頂点の日の朝、洲之内徹は倒れたのであった。Sさんにとっては正念場という一日であった。

仕事など投げだして、ひとさじのおかゆを彼にあたえてあげたかった、私の悔いはそのことだけでございます。そのほかに、彼とのことで、悔いはひとつもございません。とSさんはわたしへの返事（それは予想通り、面談を断るものであったが）に、そう書いてあった。

凄じいと形容してもけっして誇張ではなかった洲之内徹の生涯の女性遍歴の末に、Sさんのような優秀な女性にたどりついたことは、彼自身の意志はべつとして、わたしには、洲之内徹の晩年の仕合わせだと思われた。

身体の不調はかなり前から自身でわかっていたはずで、身体じゅうのあちこちが痛むといい、よく脇腹をおさえていた。薬局で痛みどめを次々と買って飲んでいた。病院嫌いの彼も観念して、診察を受け、その日は精密検査のために入院する予定になっていた。そのためいっそう忙しく、前日も、夜に入ってから、わたしの友人の絵描きの家を訪ね、深夜まで個展の出品画を見ていた。真鶴《まなづる》のその画家の家から帰って、まだ銀座の画廊で何かやっていたというから寝たのは明け方近かったにちがいない。その朝、Sさんのマンションで朝食を済ませ、仕事部屋に帰り、付添いの青年といっしょに、さあ行こうか、と立ちあがったものの、玄関でぐにゃりと崩れた。救急車で病院にはこばれ、一週間、意識を失ったまま過し、覚醒することなしに彼は逝った。

画廊へ電話すると、事務の若い女性が、

まだ意識が戻りませんのでお見舞いはいっさいお断りしております。

と答えた。

ひところから疎遠になってしまって、もう長いこと逢って話すこともなかったわたしなどが、顔を出してうろちょろするような場合ではない、と思ったのでそのままになった。

洲之内徹はここ十数年にわたって、ある有力な美術芸術一般を扱う月刊誌に、美術随想を書きつづけていた。独特の話術をもっていてその連載は相当数の読者を確保していたはずである。

死後まもなく出版されたものを加えてそれは全六冊の尨大な量になっていた。

彼の書きつづけたあのエッセイが彼のすべてであって、それ以外の彼の姿などありようはないのです。と、Sさんのわたしへの返事には書かれていた。

「もしあったとしても、それは彼が消しゴムで消しておりました。電気ごたつのねこ板の上に原稿用紙を広げ、Bの鉛筆で書いたり、消したりしておりました。考えこんで煙草の灰が原稿の上に落ち、それを手で払いのけ、一行書いてまた消し、しておりました姿を十数年見つづけて参りました。そのようにして書かれた文字は彼の命です。真底からの物書きと尊敬しておりました。

考えて、考えて、彼が消しゴムで消し去ったことを、私が語るわけには参りません。彼が書いたものに、句読点一つ、つけ加えたくはございません。私は彼を語るより、自分本来の仕事に全力でいそしみたく思っております」

立派な覚悟、と考えるほかなく、わたしには一言もないのであった。

「どのようにも存分にお書きください。何と書かれましょうとも私はなんにも申しません。どうぞ自由にお書きください」

電話ではそうも言われた。もう老年といってもいい晩年の洲之内徹の子供を、覚悟の上で一人で生み、働きながら育ててきた女性の、肚の据わりようがどのようなものであるか、わたしにも十分推察できた。

「彼の死後、S誌のものも、あなたのものも拝読しました。不快どころか、興味深く読ませていただきました。読みながら、『わかってたまるか！』という、彼の声が聞えてくるようでございました」とも書かれてあった。

まさしく彼は、別の世界で、わかってたまるか！　とうそぶいているであろう。わたしも、それを承知で書いている。小説を書くという仕事の因業《いんごう》さを、彼自身十分に知っていた筈である。

トーマス・マンの十六年間にわたる労作である『ヨセフとその兄弟』の序曲「地獄めぐり」のなかに次の言葉がある。

「過去という井戸は深い。底なしの井戸と呼んでいいのではなかろうか。

人間という存在の過去だけをとりあげて物語り論ずる場合でさえもそうであり、いやひょっとするとまさにその場合にこそ、過去という井戸は底なしなのだろう。実際、この謎にみちた人間という存在は、私たち自身の自然のままのありようからすれば悦楽にみちていながら、超自然の目からみると悲惨な生涯を包含している。そしてこの存在の秘密こそは、まことに当然のことなのだが、私たちがおよそ物語り論議をするすべての出発点《アルファ》であり最終目標《オメガ》であって、すべての物語に緊迫感と熱を与え、あらゆる論議に切実さを帯びさせるものである。

さて、人間という存在を問題にするまさにいまこの場合にこそ、過去という下界におりていって手さぐりで進めば進むほど、そしてまた人間なるものの始源とその歴史や文明の発端を探れば探るほど、それを測量するのはまったくできないということがわかってくる。深さをはかる測鉛は、私たちがその紐をどんなに途方もない長さにのばしても底にとどかず、過去の底は測鉛の先へ先へと、いつまでも遠のいていってしまう」

洲之内徹の過去という深い井戸に、測鉛の紐をおろしてゆこうとするわたしの因果な作業も、しょせん、底なしの井戸を探ることでしかないだろう。洲之内徹の過去もまた、底なしの井戸、そのものであろうと思う。

彼の前夜祭（通夜にあたる）と告別式は、彼の意志ではなかったと考えられるが、キリスト教会で行われた。祭壇の柩のなかの彼の顔は、聖職者のように静寂で安らかであった。彼の遺体は解剖に付され、脳髄はすべて取り去られて空っぽであった。だから、彼は聖職者のように静穏で安らかであり得たわけで、そのような空っぽの彼に、わたしは永い別れを告げたのである。

もっとも彼は、健康であったときから外人聖職者を思わせる風貌をしていた。著書の末尾に「私の顔——あとがきに代えて」という短い文章のなかにこんなことを書いている。

「麻生三郎氏に私の顔を描いてもらったこのデッサンを、ある婦人雑誌の女性記者が見て、イタリアの神父のようだと言い、

『イタリアの神父なんていうのには悪いのがいるんですってね、あっちこっちに子供を作ったりして……』

　と言った。デッサンがすごくリアルなだけに、気になる一言である」

デッサンはじつによく、洲之内徹を如実に写している。女性記者は、当時はMさんという名でときどき彼のエッセイに登場する現在のSさんであろう。もちろん子供はまだ生れてはいなかったが、いみじくも彼の過去の真実を言い当てていることは十分承知していたにちがいない。——しかし、女性関係のことにここで触れるつもりはない。

　晩年になってからの洲之内徹の画廊「現代画廊」に頻繁に出入りしていて、彼を敬愛し、彼の方もまた可愛がっていた、絵描きではないが何よりも絵の大好きな柔和な青年がいた。彼の急逝したあとの残務整理にも働いてくれたひとである。その青年と話していたとき、ふっと青年が言った。

あの黄色っぽい着物を着た、大きな顔の男の絵、洲之内さんのコレクションだとばかり思っていたら、死んだあとで手紙の整理していたら、あの絵を返してくれという催促のはがきが何通も来てましてね、なんだあれ、洲之内さんのじゃなかったのか、とびっくりして返しに行ったんです。

ああ、「閑々亭肖像」ね。唐桟《とうざん》のきものに藍縞《あいじま》の角帯しめた、写楽のような大きな顔でしょ。あの絵なら、洲之内さん、生きてるあいだは手もとに持っていたかったんですよ。好きでたまらなかった絵。わたしもあの絵、大好きでしたよ。重松鶴之助という、あの人の松山の先輩にあたる共産党員だった人の作品なの。松山の湊《みなと》町《まち》かどこかの下駄屋の主人がモデルですって。わたしははじめ、東京の落語家の肖像だとばっかり思っていたの。一度観たら忘れられないような、不思議な魅力のある絵です。重松鶴之助は、洲之内さんが青春のころ関わりのあった人で、堺の刑務所で、満期釈放の朝、自殺したの。その死に方に、洲之内さん、生涯こだわりつづけていましたね。あの絵に出会ったのは、洲之内さんが美校の入学試験受けにきたときで、こっそり持ち出して、どこかへ隠してしまいたいほどすきだった、といつか書いてましたね。あの絵山本という人の持ちものだったんでしょ？

そう、山本なんとかという人から、何枚も返してくれというはがき来ているのに、返さなかったらしい。

その人ね、俳優のほら、山本学さんたち三兄弟、あの人たちのお父さん。監督の山本薩夫さんの兄さん、山本勝巳さんという人。その年、つまり洲之内さんと入れ代わりに美校の建築科を出た人でね、洲之内さん上京したとき、その人の下宿にいっしょにおいてもらっていて、そのとき、あの絵見つけたのね。薩夫さんもあとから早稲田受験に上京してその家の二階にいて、その部屋の、押入に匿してあるのを、洲之内さん、こっそり何度も観にいったって。

重松鶴之助は共産党にはいってもう絵は描いていなかったのかも知れないけど、前は春陽会に毎年入選していたそうよ。地下へもぐっていたのかしらね。朝、洲之内さんが眼がさめてみると、知らない変な男が横で眠っているんですって。どうしても逃げ場がないとき、山本さんの下宿へ夜中にこっそり来て泊まったんでしょうか。重松鶴之助の兄さんと山本さんの兄さんが松山中学の同級生で、本人たちも知っていたんでしょうね。みんな松山中学らしいから。伊藤大輔、伊丹万作、中村草田男、重松鶴之助、渡部昌、山本勝巳、薩夫、みんなそう。伊丹万作、いい映画監督だったけど、絵も描いていてて、これがなかなかいいんですよ。

まさしく底なしの井戸といっていい洲之内徹の暗黒の過去のなかに、わたしがそっと下ろしてゆく測鉛の紐に、なにかしらそのあたりで密かな手応えのような心地のするのが重松鶴之助である。

「四十五年前、初めてこの絵を見たとき、白状すると、私はこの絵が欲しくてならず、こっそり持ち出して、どこかへ隠しておきたいような衝動に駆られたのだったが、そのときの気持はいまもそのまま思い出すことができる。いまはもう、まさか持ち逃げしようとまでは思わないが、それにしても、私をそんな気持にさせたこの絵の魅力はいったい何であったろうか。この一枚の作品に罩《こ》められた若い重松鶴之助の、芸術に対する無垢な信仰と、ひたすらな没入、それらがそのまま私のものとして、私の理想として、私を捉えたのだ。いま見るとそれがよくわかる。この作品は、だからこそ、その後も長い年月のあいだ、深い郷愁を伴って、私の胸の裡に生き続けてきたのかもしれない。そして、その意味で、『閑々亭肖像』は私にとって、いまも、青春の象徴としての意味を持っている。

この人物のこのリアルさにも、こんど見て初めて気がついた。写楽風に多少様式化されてはいるが、こういうちょっと悪めいた、それでいてどこか素朴なところもある人相に、私たちは、日常そこらの街角や乗り物の中でしばしば出くわすではないか。私なんかの子供の頃には、このての顔はまわりにいっぱいいたような気がするのだが、もしかするとこの顔は、明治から大正にかけての、日本人のある代表的な顔なのかもしれない。しかし、一枚の作品が持つ時代性とは、ほんとうは、人物の顔が大正の顔であるとか、着物の縞がどうとかいうことではなくて、絵を描くということにそんなふうに全身で入りこむことのできた時代、画家にそれを許した時代が、その作品を証しとしてそこにあるという、そういうことではないだろうか」

重松鶴之助については、洲之内徹は情熱をもってたくさんの筆を費やしているが、要点だけを拾えば大正十一年ごろから春陽会に出品して毎年入選し、聖徳太子奉賛展へも出品しているすぐれた画家であった。『気まぐれ美術館』に収録されている三点の作品を見てもその才能は十分わかる。傾向としては岸田劉生の草土社の人道主義的な求道精神で、当時、その傾向は松山出身の芸術家志望の青年たちの心を燃え上らせていた。仲間としては、後に映画監督としてすぐれた作品を残した伊丹万作、伊藤大輔などがいて、重松鶴之助は三年後輩である。「閑々亭肖像」が大正十五年の第一回聖徳太子奉賛展の出品作であることもわたしは初めて知った。

洲之内徹が美術学校建築科に入学したころ、世話になっていた山本勝巳氏の大久保百人町の下宿に、昨夜はいなかったのに、朝になってみると寝ていたという重松鶴之助は、いがぐり坊主の、異様に背の低い、だがいかにも精悍そのものといった感じの男であった。

「鶴さんは松山の商家の生れで、その中で育った鶴さんには白紙の少年時代というものはなく、子供のときからませていて、湊町あたりを歩いていても、しりあいの店へ首を突っこんで、『よォ、尻が大きゅうなったのォ』と、そこの娘をからかったりする、しかも、それが自然で身についているのだ、と言って、中村（草田男——大原註）さんは笑うのである。『楽天』グループの文学青年たちは、当時は郊外散歩などということをよくしたらしいが、中村さんが鶴さんの家へ誘いに行くと、出てくる鶴さんはいつも、一瞬、どこか別の世界から出てきたようなある違和感と戸惑いを、中村さんに感じさせた。

中村さんのこの話は、たぶん、鶴さんの人間の感じを、非常にうまく言っているのだと私は思う。鶴さんにはいつの時期にも、二重人格というほどではないにしても常に二つの面があって、あるときはひたすら画業に精進し、あるときは非合法活動に身を投じるという、そういう第一義の道に生きようとする求道者的な面と、もうひとつの、遊び人、通人としての面とが綯《な》い合わせになり、混りあうかのようである。絵の上でもそうで、たとえば『閑々亭肖像』では、写実の強い気魄と、一種の黄表紙的な、劉生のいう『でろりとした美』に対する好みとが、不思議に融けあって、この一枚の作品の中で同居している」

　松山で仲間とおでん屋を開いて大層繁昌していたが、鶴さんの道楽か、あるいは当時の松山の倉敷紡績の大争議に、仲間の一人白川晴一氏が争議資金として注ぎこんだ、という噂のいずれが真実かわからないがおでん屋はつぶれ、重松鶴之助は京都にいったことになるが、昭和三年の御大典の年に春陽会へ六度目の入選をしたことは事実である。翌年には池袋で露店の靴直しをしていたのを見ている山本勝巳氏が同じ年、京都へ茶室の実測に行って彼に会い、お茶屋遊びの金を借りられたりもしている。そして、洲之内徹が受験に上京した昭和五年の春は、彼は東京にいた。そして非合法活動に身を投じていたらしいのである。

　党活動をしていた間の重松鶴之助については、今日、殆ど何も判っていない。今後も尋ねようはないだろう。しかし、洲之内徹はあるとき、早稲田通りの古本屋の店先の見切本の中からふと目についた『暗黒の代々木王国』という本をとりあげ、何気なく開いた頁に、重松鶴之助の名を発見する。戦前の警視庁の特高警部補、片岡政治が昭和十年に袴田里見を訊問した、そのときの聴取書である。聴取書の第十回のぶんに重松鶴之助の名前が出てくる。しかし出てくるのは名前だけで、重松鶴之助の活動そのものについては何も書いてない。

「ある青春伝説」（『気まぐれ美術館』所収）のなかに、洲之内徹は以上のように書いているが、ここにはいくつかの誤りがある。平野謙『リンチ共産党事件』の思い出」の中に収録されている「資料　袴田里見訊問・公判調書」では、重松鶴之助の名前の出てくるのは、第八回、第十二回、第十四回の三回であって、第八回と第十二回の分には、若干の彼の行動も記されているのである。警部補が袴田里見に、そのときこれこれの人間と連絡をしたのではないかと言って何人かの名を挙げる、その何人かの中に重松鶴之助が入っている。それによって、訊問の相手の袴田里見の活動と、そのときの袴田の任務や党内の地位から類推して、それに見合う位置に重松がいたということは判る。一度は袴田里見の党東京市委員会活動についての、もう一度は党東京市委員会組織部兼婦人部責任者としての袴田里見の活動についての訊問の中で、重松の名が出てくる。訊問されている活動はどちらも昭和八年二月から三月のことで、それから考えると、彼はこの直後に検挙されたのであったろう。

重松鶴之助は、この本のなかでもう一個所、第八回聴取書のなかにも出てくる。この第八回はいわゆるリンチ共産党事件に対する訊問聴取書である。この事件は、昭和八年十二月十三日に、宮本顕治、袴田里見等四人の中央委員で構成した査問委員会が、スパイ容疑で大泉兼蔵と小畑達夫を監禁して査問し、そのうちの小畑達夫を拷問で死なせてしまう事件である。このとき大泉が査問委員の宮本や袴田たちに供述した、残存する党内スパイの中に、党大阪市委員会責任者、重松鶴之助の名が挙げられているのであった。こういう状況下の自白がどれだけ信用できるかは疑問だし、それにこの事件の起った昭和八年の十二月には、重松鶴之助はすでに検挙されている。昭和八年十一月三十日に検挙されて十二月二十八日には早くも起訴されているのである。

洲之内徹は、松山刑務所を出た昭和十年ごろ、重松鶴之助の依頼で二度ほど本の差入れをしている。二度目に差入れした本のうち、ウィットフォーゲルの『市民社会』は不許可になって返されてきたことを覚えている。重松鶴之助は、「閑々亭肖像」の作者として敬愛する画家であることと、彼の左翼体験の意味を象徴する存在として、謎にみちたその最期はどうしても追究し、明瞭にしたい、と洲之内徹は考えていたとわたしは思う。

重松鶴之助は、昭和十三年十一月三十日、満期釈放の朝、堺の刑務所の三階の廊下から手摺を乗り越え、吹抜けになっている一階の土間に墜落して死んだ。『気まぐれ美術館』収録の「続　深川東大工町」のなかに、洲之内徹は書いている。

「自殺、他殺、事故死とさまざまな推測があり、自殺だとすると、転向を苦にしての自殺だろうとよく言われるのだが、鶴さんは四年の刑の申渡しを受けており、十一月三十日は判決からちょうど四年目で、だから転向による仮出所とか保釈ではない。彼は転向してはいないのである。

去年、重松鶴之助のことを書いたとき、私は、浦和の草野悟一という方から、彼は転向はしていなかったと思うという手紙を戴いた。草野氏は重松鶴之助がオルグになって行った関西地方委員会の技術部（テク）長で、堺刑務所で服役し、鶴さんと同じ三階の、筋向いの監房にいた。三階が思想犯の監房であった。転向すると、柿色の着衣が青色に変るのだが、鶴さんはしまいまで柿色を着ていたようだった、と氏は言われる。

重松鶴之助の最後の瞬間は草野さんも見ていない。しかし、鶴さんが地面に落下したドスンという音と、その刹那の、悲鳴ともなんともつかぬギャッというような叫びとを、自分の独房の中にいて聞いている」

洲之内徹に最後までもし意識があったとしたら、重松鶴之助のことを書ききらないで死ぬことを残念に思ったにちがいない。前にも書いてあって重複するが、「ある青春伝説」のなかに、「この一枚の作品に罩《こ》められた若い重松鶴之助の、芸術に対する無垢な信仰と、ひたすらな没入、それらがそのまま私のものとして、私の理想として、私を捉えたのだ。いま見るとそれがよくわかる。この作品は、だからこそ、その後も長い年月のあいだ、深い郷愁を伴って、私の胸の裡に生き続けてきたのかもしれない。そして、その意味で、『閑々亭肖像』は私にとって、いまも、青春の象徴としての意味を持っている」と書いている。

もの書きが、どうしても書きたいものを書き残して死ぬのはせつないことである。重松鶴之助の死の心境が、もし何かの手がかりによって少しでも推察出来る時期を得たとしたら、彼は必ず、重松鶴之助の生涯を書くことに最後の情熱を燃焼させたにちがいない、とわたしは考えている。

「前にも書いたように、鶴さんの死の真相は判らない。自殺であることはほぼ間違いないらしいが、殺されたという噂もある」

洲之内徹はこうも書いている。どこから出た噂なのかはわからないが、あの当時、左翼への弾圧がまったく血なまぐさいものになっていたのはわたしも知っている。こういう噂が流れて不思議とは誰も思わない時代であった。

洲之内徹が学生時代に見て、どうしてももう一度観たいと探しまわっていた重松鶴之助の「閑々亭肖像」が、一時は中村草田男氏のところにあると聞いたりしたが、それは伊丹万作の絵であった。やはり「閑々亭肖像」は山本勝巳氏のところにあった。それを見せてもらいにいったとき、山本勝巳氏がこんな話をした。重松鶴之助の実兄伝三郎氏は大阪の三機工業という会社の重役で、そのころやはり大阪の大林組に勤めていた山本勝巳氏とは始終ゆききしていた。鶴之助の出所の日もいっしょに迎えに行くことにしていた。ところが、その当日、伝三郎氏から鶴之助の身に変事が起ったと電話があって、山本勝巳氏が伝三郎氏のところへ駈けつけると、いま刑務所へ呼ばれて行ってきたということで、刑務所当局の説明によると、鶴之助は看守の隙を見て屋上に駈け上り、そこから飛び下りて死んだ、と言って、むしろを被せた屍体を確認させられたと話した。屍体にはまだ温味があったよ、ということであった。そんな話をする兄の伝三郎氏の部屋には、鶴之助を迎えるために用意した新しい着物と、下駄が置いてあった。

いくら看守に隙があったにしても、囚人が屋上に駈け上るなどということは考えられない、と洲之内徹もいっていたが、まったくそんなべらぼうなことがあるはずはない。わたしは一度府中刑務所を見学したことがあるが、浦和の草野氏の話のように、監獄の建物は三階まで吹抜けになっていた。そこは看守がいつも見廻りに歩く廊下で囲まれていて、どの階で異状が起っても直ちに見通すことの出来る構造なのだ、と説明された。しかしどんな事情、たとえば重松鶴之助が異常に個人的に看守に憎まれていた、というようなことがあったにしろ、満期釈放の人間を、たとえ左翼の、殺してもいいやつと言われていた囚人にしろ、看守が吹抜けの柵の外に突き落すなどという状況はとても考えられない。廻廊の柵は危険を防ぐだけの高さは十分にある。わたしにも、重松鶴之助は自殺したのであろうとしか、考えられない。ならば、なぜ重松鶴之助は釈放の朝、自殺したのか。しなければならなかったのか？　それが、洲之内徹のどうしても解き明かしたい謎であった。単に謎であるだけでなく、洲之内徹の青春を賭けた左翼への献身の、その左翼というものの真実の姿として知りたいところであった。なぜ、重松鶴之助は長い拘禁からやっと自由になった朝、そのせっかくあたえられようとしている「自由」を拒絶しなければならなかったのか。生命を賭けても、しゃばへ出るのが嫌だったのか。当時の事情を知る人で、誰かこの謎を解く手がかりをあたえてくれる人はないのか。洲之内徹があれだけ情熱をこめてたくさんの筆を費やしているにもかかわらず、そういう人はいままでのところ現れなかった。おそらく今後も現れるとは期待出来ないだろう、と思う。そのことがわたしはとても残念である。

松山中学には、大正五、六年ごろ、芸術家志望の生徒たちで作っている「楽天」

という回覧雑誌があって、伊丹万作はそこに文章も書くが、漫画や口絵なども載せている。伊藤大輔、伊丹万作のいた頃がその雑誌の黄金時代で、三年下の重松鶴之助も伊丹万作に触発されたものらしい。伊丹万作は、周知の通り、伊丹十三氏の父で多芸多才の人であった。中学卒業後一年ほど樺太の漁場で暮し、そのあと上京して、やがて「少年世界」や「中学生」の挿絵を描きだすと、たちまち少年雑誌の挿絵界の寵児になった。一方、重松鶴之助も中学五年のとき上京する。伊丹万作はそのころ竹久夢二によく似た甘い挿絵で、少年少女雑誌の流行挿絵画家になっていたのだが、

「重松と逢って話していると、いままで自分が画道に対していかに低度の意識と認識しか持っていなかったかがわかって恥ずかしい。とにかくこれからは、やる、やる、やる」

と、松山に残っていた後輩の中村草田男に書いてよこしている。

中村草田男氏によると、彼は、二、三年後には画道精進の熱意に全身が燃えあがるような存在となって突然帰郷してきて、松山在住のグループのひとり残らずの内面に放火して廻った、という。中村草田男氏も放火された一人である。

「楽天」グループの一人、渡部昌氏は東大の学生になって、深川東大工町の同潤会

アパートに住むことになるが、そこへ重松鶴之助は、松山で以前におでん屋「瓢太郎」をいっしょにやっていた白川晴一氏と連れ立ってしばしばやって来た、という証言もしている。白川晴一氏は戦後、日本共産党中央委員になった人である。しかし、この人が、重松鶴之助のあの謎の多い死に方について、何かを言ったとか、書いたとかいうこともないらしく、洲之内徹の眼にとまってはいない。

一人の人間の心の奥というものも、まったくどう見透しようもない暗黒の底なしの井戸である。

わたしが、こんなふうに重松鶴之助の死にこだわるのは、洲之内徹の左翼体験が彼の生涯にあたえたものの一端を、そのことからわずかながらにしろ窺い知ることができるのではないか、と思うからである。

といっても、洲之内徹が左翼運動のなかでなにかをやっている、という意味ではまったくない。彼自身からも話を聞かされたことがあるが、じっさい彼等の美術学校の細胞というか、仲間たちは何にもしていなかったというのが実状らしいのである。ただ街頭を走りまわっているうちに検挙されてしまい、検挙されたということで左翼運動をした、という実績が出来あがってしまったのであるといってもよかった。彼の左翼運動の話は、すべて警察に捕まってからの拷問の話ばかりであった。

洲之内徹は独特の話術をもっていて、それは彼が六冊の美術エッセイに書きのこした文章そのままであった。その彼の美術エッセイは相当数の読者を永続的に持っていたはずで、崇拝者さえもかなり多かった。日本だけでなく、外国にもいて、女性に特に人気があったことも事実である。

「続　深川東大工町」のなかに、昭和七年五月の第四回プロレタリア美術家同盟大会の議題の書き写しがある。

「(1)当面の任務に関するテーゼ、(2)戦争とファシズムに対する闘争と革命美術家の任務、(3)ファシズム化しつつあるブルジョア美術に対する美術的組織的任務、(4)美術創作方法及び美術理論におけるレーニン主義のための闘争の任務、(5)大工場大経営貧農村を基礎とするわが同盟の緊急なる組織的任務、(6)……

きりがないからもうこの辺でやめるが、こう書き写してきながら、私は何とも言いようのない虚しさに捉えられる。言っていることはまことに勇ましく、立派だが、しかし、いったい誰がそれをやろうというのか、誰にそれができるというのか。誰にもできないことがわかっていて、誰にもやる気がないからこそ、こんなふうに臆面もなくでっかい看板をいくらでも並べて行くが、もしいくらかでも本気でやる気があれば、こういうことにはならないのではあるまいか。私のプロレタリア美術に対する不信感は、もしかすると、作品そのものよりも、運動のこういう性格に原因があったかもしれない。

いまになって、こういう政治主義への偏向と創作方法の図式主義、公式主義を批判して、ナップの指導理論、蔵原理論の欠陥にしてしまうのはこれまた簡単だろう。事実、今日行われているプロレタリア美術批判は概ねこの式のものである。だが、それよりも、私には、例えばこの見掛け倒しの議題の行列の中に見られるような一種の大言壮語癖、奇妙な狎れあい、お互が嘘をついていることを知っていて通って行く嘘が気になる。これは理論的欠陥とはまた別の、あの運動から生まれた習性の如きものだろう。芸術運動として、それは致命的だと思う。

悲しいその習性は、戦後になってからのプロレタリア美術の反省、批判の中でも変らない。一応は反省と言い、批判と言うが、いつも一種既成観念化した問題点を堂々巡りしながら、相も変わらぬ八百長演説を聞かされるだけである。いちどあの運動の毒に犯された者は、もう救いようがない」

洲之内徹のこの一文は、左翼運動に生涯何の関わりもなく過ぎては来たが、身辺に何人かそれに関わって来た人間を見て来たわたしにとって、大変に複雑な思いを誘発するものがある。ここに、彼が後に中国の日本軍部の諜報活動に身を投じてゆくことになる、一片の心情の説明があるのではないか、という心地がするのである。さらには、重松鶴之助の――転向はせず刑期をつとめあげながら、釈放のその朝、自殺して果てたあの重松鶴之助の、どう癒やしようもない空虚な心の痛恨があったのではあるまいか。大胆すぎるかも知れないが、わたしはそのような推理をしないではいられないのである。

リンチ共産党事件の大泉兼蔵が、査問委員の宮本顕治、袴田里見等四人の中央委員たちに、残存する党内スパイの中に、重松鶴之助の名をあげているというが、おそらくそれは真実のことではあるまい。もし真実彼が特高のスパイであったのなら、どうして検挙されて起訴され、四年の刑期をつとめあげなければならなかったのであるか。このような疑問をもつのは、わたしが当時の左翼運動について無知であるせいであろうか。それならば、わたしはこの件について、納得のゆく教示をどなたからでも得たいと思う。是非得たいと切望する。

重松鶴之助が釈放の日の朝、自殺を選んで、出獄を拒否したらしいという事実のなかに、わたしは、洲之内徹が、「いちどあの運動の毒に犯された者は、もう救いようがない」と歎いているのと同じ虚しさ、どうしようもない虚しさと歎きを聞く心地がするのである。同志と信じていた者から、こともあろうに、特高のスパイであると告発されていたことを、彼が知っていたか、いなかったか、それは問題ではなく、あの運動の毒が、どうにも救いようのない毒が、重松鶴之助に自覚されつつあったのではないか。人一倍、そういうことには敏感な嗅覚をもつ男だったのだ、とわたしには思われる。あの、第一義の道と、ちょっと悪めいた通人の道楽者という両極を激しく揺れ動いた強烈な個性の男が、その種の腐臭に鈍感であったはずはない。その毒と、いい加減に妥協して生きてゆくことを、自分に許せるはずがない。彼はもうしゃばへ出て生きることが嫌だったのだ。

重松鶴之助という敬愛する先輩の死に、あのようにこだわりつづけた洲之内徹が、納得しないまま別の世界にいってしまったいま、彼のこだわりを受けついで、わたしはこんなふうに考えている。重松鶴之助の死について、わたしのこの考え方をくつがえすに足る事実が現れるまで、わたしのこの思いは変ることはない。変えるわけにはゆかないのだ。

何の運動にも、その発生期には、純粋で、健康で、すべての面に成長を期待できる爽やかな要素ばかりが満ちて流れている。戦前の左翼の運動もそうであったろう。しかし、中国の戦線が全土に拡大し、激しい弾圧がはじまり、組織がずたずたに切断され、手も足も出ない、ぎりぎりまで破壊が進んで来る時期には、流れは停滞し、淀み、腐敗がはじまる。昭和十三年十一月三十日、というこの時期、この腐臭は、もう重松鶴之助のような男には、堪えることが不可能なところまで進行していたのではないだろうか。「リンチ共産党事件」と呼ばれるあの事件の発生が何よりもそれを雄弁に物語っている。

わたしがここで思い出す人物に〝スパイM――〟と呼ばれる人物がある。洲之内徹の重松鶴之助に関する文章のなかには一度も出てはこないが、この人物は、わたしのような左翼に無関係の人間の耳にさえいつともなくはいっている特殊な人物である。

桶谷秀昭「昭和精神史のこころみ5　橘孝三郎　中野藤作　中野重治」(「文学界」一九八九年新春特別号)のなかにもこの人物が、中野重治の項に出てくる。

中野重治は昭和六年の夏、日本共産党に入党している。桶谷秀昭氏は次のように書いている。

「この時期の日本共産党は『非常時共産党』と呼ばれるが、その活動期間が満州事変の勃発と重なつてゐるからである。『非常時共産党』は、田中清玄らが指導者であつた、いはゆる『武装共産党』壊滅ののちに再建されたもので、その指導者はモスクワのクウトベ(東洋勤労者共産大学)帰りの風間丈吉と飯塚盈延である。飯塚はモスクワでは〝ヒヨドロフ〟を名のり、日本へ帰つてからは〝松村〟を名のつた。いはゆる〝スパイM――〟と今日呼ばれてゐる人物である。〝松村〟はモスクワで、共産主義はいいが、共産主義者といふ人間がつくづくいやになつたらしい。日本へ帰つたのが昭和五年、田中清玄の『武装共産党』に入つて活躍してゐたが、やがて検挙され、そのときに自分から申しでてスパイとして警察に協力することを誓つたやうである。クウトベにおける彼の成績は優秀で、とりわけスパイ学と射撃術がすぐれてゐた。

〝松村〟は『非常時共産党』を壊滅にみちびいたが、その一年余の期間、党員をふやし、資金獲得に実績をあげ、党勢を拡大した。この奇怪な、孤独なニヒリストは二重スパイとして警察と共産党の双方に貢献し、同時に裏切つた。彼は組織面を担当する指導者であつたから、非合法活動の秘密いつさいを掌握してゐたことになる。『非常時共産党』が昭和六年五月に、これまでの入党資格をうるさく問うた方針を『党員採用に現はれた極左的偏向』と批判し、一万人の党員拡大を目標としてアピイルしたのは、〝松村〟の発案であることはいふまでもない。

中野重治が入党したのは、さういふ時期であつた。そしてその翌年に二度目の検挙に遭ふわけであるが、(以下略)」

洲之内徹は東京美術学校建築科に入学した翌年、日本プロレタリア美術家同盟に加入するのが、中野重治の入党の時期と同じ昭和六年であり、日本共産青年同盟に加盟し、検挙されるのが、翌七年である。まさに〝スパイM――〟の党勢大拡張のその時期にあたっている。「その一年余の期間」と書かれているから、〝松村〟は一年余りの活動のあと、二重スパイが暴露して、多分検挙されたのであろう。その後の彼がどのような運命を生きたのか、わたしは知らないが、桶谷氏の書いている、「〝松村〟はモスクワで、共産主義はいいが、共産主義者といふ人間がつくづくいやになつたらしい」という言葉は、桶谷氏の推測でもあるだろうが、〝松村〟という不思議な孤独なニヒリストに対する一般の見方として定評となっているものであろう。彼のような人物が何かを書き残すなどということはあるはずもないから、スパイM――の心のうちは推察するより他に方法はない。ただ、わたしがいま思うのは、刑期をつとめあげて出所のその朝、自殺した重松鶴之助の心持というのも、あるいは〝共産主義はいいが、共産主義者という人間どもはつくづくいやだ〟という、そのようなもの、あるいはそれに無限に近いものであったのではないか。そういう思いが、どうしてもわたしにはある。自分の思い通りに人生を生きる活力に溢れた男であった、決して単純ではなかった彼の精神を信じる者には、それよりほかの彼の絶望は考えられない。自由を得た日の朝、その自由を自殺にしか使用できなかった、この世をわれから見限った彼の孤独な心持を思うと、わたしはつい涙ぐむのである。

この作品が「群像」三月号に掲載されたことで、洲之内徹の松山中学の後輩で、重松鶴之助の魅力に憑かれて、その足跡を追う作業を粘りづよく続けている松山のS氏から、いくつかのありがたい助言と教示を受けることができた。

S氏は故郷松山にすんでいるので、重松鶴之助の作品を十数点発見できた。油が十数点、デッサン三点、スケッチブック一冊。これだけでは淋しいので伊丹万作の遺作と合せて、二人展として、東京と松山で展覧会をやりたいと、洲之内徹と話し合ったりしていた。洲之内徹はS氏の研究が一冊にまとまるのを待ちかねてたびたび訊いていた。

わたしが見逃していた、一九八一年五月三日放映のNHK「日曜美術館」、「私と重松鶴之助」―語る人、映画監督山本薩夫、をビデオテープで観ることができたのも、S氏の厚意であった。油の肖像画と風景や静物も素晴しかったが、デッサンの左右の手を描いたものに、息を吞むような思いのする圧倒的に見事な作品があった。重松鶴之助は、二十歳の若さで、当時唯一の在野展であった「春陽会」に二点同時に入選して、天才画家と言われたというが、なるほどと、わたしは納得した。十九歳の日の自画像も、野放図な青年の素朴な精悍さと鋭さがでていてじつにいい。

この自画像の裏には、「一九二二年一月下旬」と書き、並べてもう二行、「吾強く、正しく生きんと思ふ、よし吾、悪徳を行ひ、破廉を為すとも、尚、よき、正しき画人たる事を願ふ者なり」と書きこまれている。

彼の自殺の瞬間を目撃して証言している人の言葉によると、彼はその朝も落着いていてその自殺はかなり偶発的な、あるいは衝動的なものであったらしいのである。

自分がスパイだと同志にいわれたことを、取調べ中に刑事から聞かされ、党のこのような状況にも絶望していたであろうが、その上に、彼には当時、真剣に愛していた同志の女性があった。しかし、相手は、重松鶴之助の革命家としての真価も、すぐれた芸術家であることもまったく知らなかった。彼が捕まったあと、彼女は別の同志と結婚した。重松と暮した日もあったのに唯一度も面会にも差入れにも現れたことはなかった。捕まってから一年、さらに四年間を独房に拘禁されていた重松鶴之助は、この事実に深い傷を心に負っていた。相当したたかな人物でも、こういう状況での、この種の痛手というのはなかなか深くこたえるものだ、と同志たちは話している。

立花隆『日本共産党の研究』下巻（講談社刊）にも、重松鶴之助はスパイではなかったという証言が記されている。

「たとえば『多数派運動とその時代』（『運動史研究』三一書房刊、第一号）の座談会の中で関西地方委員会のメンバーであった吉見光凡は次のように述べている。

『（大泉がスパイとしてあげた人々の中で）たとえば重松鶴之助という人ですが、この人は関西地方委員会の、私共のやる前のキャップだったんです。（自殺のこと中略）四年も一つおいて隣の房におったものですから、しょっちゅう話をしていた。この人なんかとてもスパイとは思えませんね。とにかくこの人は立派な人でしたよ』

同じ座談会で、やはり関西にいた原全五は、重松の自殺の原因が女性問題であったことを述べて、やはり彼は『稀にみるまじめで実直な方』でスパイではなかったと証言している。

後に詳しく述べるように、大泉の告白した『スパイ』リストは、まったくのでたらめなのである」

「日曜美術館」のアナウンサーも、私と同じく「重松鶴之助は自由になることを拒絶した」と話していたが、結果的にではあるが誰でもそういう表現をしたくなる事情であった。放映の最後に、青山墓地にある「無名戦士の墓」の苔むした自然石の古い墓石が映った。昭和十年に有志によって密かに建立されたものだという。敗戦後の二十三年、初めて公然と合葬祭が行われた。その最初の合葬者名簿の中に重松鶴之助の名もある。そのあとに一篇の詩が映されて流れた。

死者たちは何も語ろうとはしない
その名を彫む碑もなく　頌詩もない
無数の　男たち　女たち

人間のいのちが
葉書一枚の重さでしかなかった時代
石壁をこぶしで撃つように生き
死んでいった　無名の若者たち

その声も　姿も
硝煙とサーベルの音にかき消され
彼らが　生と死の炎で描いた虹は
人びとの記憶の地平で褪せようとしている。

死者たちは何も語ろうとはしない
忘れかけの街を埋める沈黙の重さに
いまその似姿をたどる　忘れないために

（一九七六・三・一五）
敷村寛治

重松鶴之助自殺のこのとき、洲之内徹はすでに、北支派遣軍宣撫《せんぶ》官として保定にいた。重松鶴之助の死を知らず、重松とは正反対の部署、日本軍部の中にいて、かつての同志であるはずの中国共産党、第八路軍を殲滅させるための情報活動に携っていた。

不思議な時代だったのだ、とつくづく思う。

左翼への傾倒という思想のあり方は、一九三〇年代の世界全体を通じて避けがたく遍在したもので、彼等の仲間のなかで、わたしの一番親しかった相原重容（ペンネーム、長坂一雄）はじめ、殆どすべてがその波を浴びていた。わたしのように、その時期を長い療養生活にいて、身動きできない状況にいても、心情的にはやはり同じであった。

しかし洲之内徹とその仲間たちがその陣営に赴いたころ、左翼はすでに発生期の健康さと純粋さを保ってはいなかったことはスパイM——やリンチ共産党事件で明らかだが、参加して行った彼等は純粋無垢であった。

「美術学校建築科の私の学年は全部で七人であったが、その夏、私が除名になり、私が留置場に入っているちょうどその間に、鈴木という友人が、富士の裾野での野外演習の帰り、山中湖で溺れかかった級友のひとりを助けようとして自分が死んだため、一挙に五人になってしまった。その中の一人の疋田玄二郎君は私が北支へ行ったその翌年結婚し、以来何年にも亘って、奥さんと二人で毎月一冊ずつ本を選び、前線の私に送ってくれた。『キュリイ夫人伝』などは二回送って二回とも届かず、三度目にやっと届いたのを、私は保定で読んだ。読み終って宿舎の中庭に出ると、美しい星空だったのを思い出す。

疋田君の奥さんは主婦の友社の先代社長、石川武美氏の娘さんであった。昨年亡くなったが、その奥さんが結婚のとき父君から贈られた和田英作氏の富士の絵が、先日、私が久し振りに疋田君の家へ遊びに行くと、彼の書斎にかかっていた。その絵の下で、私は彼と昔話をした」

同じころ、洲之内徹は近代美術館へ「ドイツ・リアリズム展」を二度観に行っている。フランツ・レンクの「じょうろとバケツと箱のある静物」にひどく感動した。「ひとつひとつ見れば何ひとつ似ているものはないのに、にも拘らず、風景全体の感じのなんとよく似ていることか。私は作品に添えた解説のプレートに顔を近づけて、制作年代を確かめてみた。一九二七年である。私が深川に住んだのが一九三一年から二年にかけてで、その間のひらきは四年しかない。もしかすると、二つの風景の感じがこんなにも似ているのは、ドイツと日本の違いを越えた時代の共通性なのではないだろうか。

ケーテ・コルヴィッツの『ロシアを救え』の前に立っているうちに、不意に、私は眼が熱くなってきた。作品の解説はこうなっている。

――ベルリンの労働者救援会が発行したポスターの文字を抜いた作品。一九二一年には、ヴォルガ沿岸地域の日照りのために成立間もないソビエト・ロシアは甚大な被害を蒙った。レーニンが呼びかけた国際的な連帯活動のためにケーテ・コルヴィッツがこの石版画を制作した。

何が私の眼に涙を滲ませたのか。解説の行を追って行って、国際的な連帯……という文字にきたとき、私は自分の涙の意味が解ったと思った。そうなんだ、いまはそれがない。それだけでなく、他にもいろいろと、あの頃はあっただいじなものがいまはない。それがなくなって何も彼もが変った。別の意味になった。革命も、ストライキも、労働者階級も、共産党も変質し、いまとなっては、私の若き日の夢想をただ笑うよりほかないではないか。

その、なくなったものが私は懐かしい。私がドイツ・リアリズム展へ二度行ったのは、もういちど、このコルヴィッツを見たかったからである」

この種の純粋さは、もちろん大陸時代の彼のなかにもあった。一人の人間が変り得る様というものには限界がある。

彼が敗戦で引揚げてきてから最初に書いた小説に「鳶」というのがある。二つ目の作品「雪」（のち改題して「流氓《りゅうぼう》」）がある。この二つの小説の主人公はともに野島となっている。

わたし自身が小説書きであるために、小説を資料として扱うときの厄介さ、複雑な危険性は十分わかっているつもりである。その書き手が私小説の書き手であろうとなかろうと、その人の書いた小説は、複雑な意味において一級資料である条件を失わない。

殊に「鳶」は洲之内徹が部下の一人であった八路軍の捕虜夫婦を日本の憲兵隊の

手に渡すまいとして、密かに安全地帯まで逃亡させるについて、それと事情は明かすことなく、太原の朝日新聞の支局長の転任に頼みこんで脱出させてもらったいきさつを、その恩になった支局長が引揚げて来てある地方の女学校の教師になっているのを知り、じつはあのときのことはこうこうこういう事情があったのです、と知らせて恩を謝するために書いたものであった。初めは長い長い手紙になるはずであったが、事情の複雑さと、自身の心情の説明のむつかしさに、これはいっそ小説の形にした方が相手にもわかり易いのではないか、と気がついて小説になった、と自身であとがきに書いている作品である。

この第一作まで、彼は同人雑誌時代、小説はいっさい書いていない。書いているのはエッセイと文芸評論だけであった。

それゆえ、第一作の「鳶」に関する限り、野島は洲之内徹自身であると受けとられても彼は文句はいわないであろう。もちろん、小説の形式を採ったからには、小さいフィクションは方々にちりばめられているかも知れない。それは小説をかくたのしみのささやかなひとつである。しかし、大筋のところは事実に即していると受けとってさしつかえないものとわたしは考えている。

中国大陸における洲之内徹の生きた場所と心情はこの一篇のなかにかなり正直に

描かれているとわたしは考えている。しかしこれから書いてゆくところは、どこまでもわたしの解釈であり、わたしの考え方なので、それは許してもらうほかはない。

所は洲之内徹が最後の時期滞在した山西省の省都太原で、時はドイツの敗色が顕著になりはじめる時期から日本の敗戦、無条件降伏、そして日本人が現地を引揚げる時期にあたっている。「鳶」の方が敗戦より前であり、「流氓」は敗戦にひっかかっている。

学生運動で学校を除名になり、その後も思想犯として拘禁されたことのある主人公、野島の身のまわりには、十年後のいまも、まだ高級司令部要員として軍の機構の中にいても、常に監視の眼がつきまとっている。軍司令部の公館長の一人であり、軍属ながら佐官待遇の彼が、同時に、憲兵隊や領事館警察の特別要視察人でもあった。軍にとっての彼の必要性が、辛うじて彼の安全を護っている。それでもなお、その年のはじめに、思想犯の前歴者を使ってはならないという総軍からの通達があって、野島は軍を退いていた。彼がいなくては業務にさしつかえる現地軍の参謀部は、彼が軍を離れて、自分の調査事務所を持つと、裏から経済的援助を与え、彼は事務所の中で従来通りの仕事をつづけている。

背広になった彼は、ときどき鞄をさげて軍司令部の階段を登ってゆく。彼の身分は以前ほどはっきりとは保障されていない。そういう不安定な野島を失脚させようとする勢力は、憲兵隊の中にはもちろん、当の軍司令部の中にもある。高級司令部の意向を気にする副官部からは、彼の曖昧な身分と待遇のことで、始終参謀部に苦情が来るのである。

「いまさらのように、野島は、自分の日常の底に横たわる偽りを思わずにはいられなかった。日頃、この戦争についてあれこれ批判がましいことを言いながら、自分は軍の尻尾にくっついて生きている。その生き方に根底の偽りがあった。しかも、そうして生きて行くためには、その矛盾に頬冠りし偽りに狎《な》れるほかはない。思いきっていまの生活を捨てない限り、日常のあらゆる場所に矛盾と偽りが生まれるのは避け難いが、思いきってその生活を離れる決心が、彼はつかないのだった。何年かあちらこちらの軍司令部や師団司令部で働いているあいだには、彼と同じような経歴を持ち、同じ仕事に携わっていた何人もの友達が、参謀や兵団長と衝突して軍を罷めるのを、野島は見ていた。なかには、その後憲兵隊に挙げられて拘禁され、拘禁中に死んだ者もある。それを見て、そういう友人たちの進退を潔いと思う反面、野島はその友人たちの生真面目さが腑に落ちない気がするのだった。

『どこへ行ったっておんなじさ』というのが、野島の口癖であった。彼は軍人たちの偏狭さや独善を、その友人たちほど切実に感じないわけではなかった。しかし、だからといって、それがどうしたというのだ。野島としては、はじめから、彼等を相手にしてなにかできるとは思っていないし、なにかしようとも思ってはいなかった。それができるとでも思っているらしい友人たちが、野島には空想家とも、楽天家とも見えた。それに、軍人たちと意見が合わないからといって、軍を出てみたところで、その軍が絶対的な力をもっているこの時代に、思うように生きられる場所が他に見つかるはずはない。要するに、どこへ行ったっておなじなのだ。却って野島たちのような過去をもった人間には、軍を離れては、普通の人間とちがって、身辺の危険ははるかに大きい。そのことを、空想的な彼の友人たちが、身を以て証明しているではないか」

このような達観でもって生きていた洲之内徹ではあるが、わたしの考察では、北支のこのような虚無的というほかない職場に彼が長く堪え得たのは、彼自身もそのことに触れているが、仕事の性質に、一部分彼の好みに合うところがなかったわけではない、というもう一つの事情があったのだと思うのである。

一応軍から離れて、裏から経済的な保証はされながら、彼は街中の胡同《ホートン》に、洲之内調査所、一般には前の通り、洲之内公館と呼ばれる事務所を構えている。若いとき、東京から帰郷して、次に検挙されるまでのあいだ洲之内徹は日本農民組合（全国会議派）の運動に参加していた。農民の生活基盤の調査、こまかくいえば、農作物の品種、その得失、作付反別、収穫高、自然の気象条件などを調査して、地主と小作の関係、貧農や小作たちがその絶望的な苦境からいかにすれば脱出の希望が持てるかという基礎調査に情熱を抱きはじめていた。数学が大の苦手であったにもかかわらず、その種の綿密な統計ふうの仕事が好きであった。意外に凝り性で几帳面なところがあり、始めから終りまで自分でやりとげねば承知しない執拗さがあった。軍の調査のなかにもその情熱線上に位置する、または類するものが少なくはなかったのである。

諜報活動などと一口にいうと、支那服を着こんで中国人になり済まし、いわゆる便衣《べんい》隊のようにピストルを懐中にして街の盛り場や、女たちのいる巷《ちまた》を彷徨し、というふうな印象がつきまとうが、じっさいは小麦、大麦、陸稲など農作物の収穫、けしの栽培面積、共産軍への食糧供出の実態など、大地に根ざしたこまごました実生活の調査の積みあげの上に、一つの作戦の時期も規模も立てられるという面の方が、ずっと大きいものであって、彼の調査所には、八路軍や他の軍閥から押収したその種の資料が彪大に集められていた。どこから手をつけていいか迷うようなそれらを整理してゆくうちに、思いがけない宝にめぐりあう。その種の根《こん》をつめて取組んでゆく分析的な数字とのたたかいは、ある種の人間には堪えられない苦痛であるが、洲之内徹はその点明晰な頭脳と根気づよさを持っていた。

青春の日に理想とした共産軍と民衆とのあり方が、中国には現実にあった。農民との密接な連携のもとに中共軍は、日本軍や蔣介石軍などをなやませていた。八路軍のいろいろの資料・情報を、洲之内公館では短波受信機で傍受していた。延安の新華社通信が前線の支局へ送る電波を傍受するのである。

洲之内徹の下に働く人たちは全部中国人であって、中共軍の戦士たちであった。日本軍の捕虜になり、銃殺されるところを、彼がもらい受けて来た男たちばかりであった。延安の抗日大学の学生もいれば、兵隊もいるし、農村の中共党員もいる。さまざまの人間がここに落ち合って、傷痕を抱いて洲之内徹の手足となって働いているのである。癒やしようもないお互いの傷口にはけっして触れないようにして、日本軍の末端、手先である洲之内徹のために仕事をしている。

自分の分身を眺めるように洲之内徹は彼らを眺めいたわっている。彼等はいつも彼自身と重なって洲之内徹の眼に写る。彼の心情は複雑な屈折をしていた。彼の過去が底なしの井戸のように深くなっていったのはこの時期からであろうか。

「鳶」のなかに次のような文章がある。

「『……そんなとき、党のほうではなんとか方法を講じてはくれないのか、部署を変えるとか、後方に訓練にやるとか……』

『そりゃあそういうこともあります、しかし廸泉はだめですよ。いちど捕虜になった者は、たとえどれほど忠実に党のために働こうとしても、党はけっして党の内部には入れないんです。結局、諜報とか点線工作とか、そういった、党の外辺での危い仕事に使われるだけで、だから、挙句の果はまたやられるというのがおちでしょう』

　馮英は自分のことを心に置いて言っているのだろう。どこか棄鉢《すてばち》な調子があった」（野島の助けた温廸泉が八路軍と切れていなくてまた憲兵隊にあげられたときの会話である）

「『党高於一切《タンカオユイイジエ》――党は一切よりも高し、というわけか』」

　と野島は神経的に笑った。そんなにも傲然と自己の権威を主張している党というものに対して、憎悪が胸のうちで燃えた。野島の眼に、拘置所の冷たい板の間で、慣れない膝を四角に折って坐っている温廸泉の姿が、痛ましいものになって浮かんだ。

こういうときの、野島の党に対する怒りは正真正銘のものであった。にも拘らず、彼が前に馮英を助けたのも、温を調査室に入れたのも、彼等個人に対する関心からというよりも、彼等が党員だったからであった。共産党員や国民党員が捕まって殺されそうになっていたり、捕虜収容所で苦役に服していたりするのを見ると、野島はいつも、彼等が党員だということだけで、彼等を救いだしたい衝動に駈られるのだった。自分で自分の内部に眼を向けてみれば、党に対しても、その思想に対しても、もはやすこしも愛着は残っていないと野島は思う。眼につくものは、むしろ反対のものだった。それにも拘らず、彼のうちのどこかに根強く生きていて、事にふれて不意に表に現われてくるその本能のようなものに、野島はいつも驚かされた。本能と言って当らなければ、それに近いひとつの習性であった。

その習性は、もう十年以上も前の、野島が共産党員だったほんの僅かのあいだに植えつけられたものである。彼が党員として実際に働いた期間は一年そこそこにすぎず、そのために受けた刑の期間のほうがはるかに長かったが、むろん下っ端の平党員で、実践こそが最良の教師だなどと言いきかされて、ただむやみと街頭をかけまわっていたその短い時日のあいだに、彼がどれほど党と思想に対する真実の知識を持ったかは怪しいものだった。そんな怪し気な知識によって、党に対する愛着が十年も生きつづけるはずはない。生きているのは当時の、党に対する献身の記憶、そのように生きた、その生きかたへの郷愁であろうか。だとすれば、この習性は、これから先も、まだまだ彼のうちに生きつづけるかもしれない。

『それでも党から離れられないんだな』

と、さきほどの笑いをまだ口許に残したまま、野島は言った。同じような笑いかたで、馮が応えた。言葉の外にある野島の気持は、こういうとき、いつでも馮英にはすぐに通じた」

青春というものの持っている理不尽な永遠性、ハートに刻み込むその爪痕の深さ。洲之内徹が生涯を通じていかに左翼の持っている厭らしさに烈しい嫌悪を抱いていたかは、友人が皆知っている。にもかかわらず彼に左翼で傷ついた人間への、止めようもない烈しい傾斜が常にあったのは、それは左翼にかかわった日々が、彼のかけがえのない青春の日々であったからなのだ、とわたしは思う。

洲之内徹という男にこれから書くであろうかずかずの批判を持ちながらも、わたしがこの年齢（七十六歳）になってもなお、あれこれと、どうしても書かずにはいられないこの情熱も、青春の日を同じ四国で山脈をへだてて生き、相原重容という、わたしの生涯に出逢ったもっとも上等の人間であったと思う友達とともに「記録」

という薄っぺらな貧しい同人雑誌を中心に寄り合ったあの青春の日々の輝かしさのせいなのだ。左翼というものが、この世で人間の持ち得る最上の正義であり、最上の情熱に値すると考えた、あの若い日々の重信川のあかい夕陽のせいなのだ、と思わずにはいられない。ああ、あの日々、わたしたちはお互いになんとやさしい魂を抱いて生きていたことだろう。そしてお互いになんと貧しかったことだろう。

ペダルを踏んで
ロシナンテよ、お前と今日も街へ仕事を探しにゆく。
仕事は今日も駄目かも知れないが、
ロシナンテ！　夕陽の美しいこの堤の道を、くれないの水がひっそりと橋の影を映しているこの川岸の小径を、二人でまた帰ろう。
くれないの水に映る黒いお前の影を眺めながら帰ろう。へたばるなよ、ロシナンテ！

相原重容があるとき書いてよこした詩の一篇を、わたしは思いだす。重信川は、松山の郊外を悠然と流れて伊予灘に注ぐ大河である。その河口に近い、相原重容の家のあるあたりに架る橋の夕映えは、じつにこの世のものと思えないほど美しい。くたびれ果てたロシナンテのペダルを踏んで、空しい職さがしから帰ってくる彼のことを思って、わたしは、四国山脈をへだてた吉野川の川原で、同じ夕映えを見ていた。

左翼の経歴のある青年に、ただささえ不景気の絶頂にあったあのころ、就職のあてはまるでなかった。

そのころ、洲之内徹は出獄したばかりで、転向を誓い、実際運動からは身をひいて、文芸評論などを書いていた。そういう洲之内徹もまた、わたしのなかでは、重信川の赤い夕映えの残照に包まれて存在した。いまもわたしの胸のなかに、あかあかと燃えるあの夕映えを消すものは、七十年の生涯にひとつもなかったのだ。

青春とは、そのようにも強靭な生命力を持つものであった、といま知っている。

「流氓」の冒頭には、省政府の教育庁から、主人公の野島に講演依頼の者をやるからよろしく、という電話がかかってくる。やがて、講演依頼にやってくるのは、太原市内の省立女学校の日本語教師、ということになっている。しかし、この葛原という名の女教師のモデルになった人は、わたしの調べた限りでは、幼稚園の保母であった。

「流氓」の女主人公であるインテリの女性として扱うためには、女学校の教師であった方がより自然だと、洲之内徹は考えたのであろう。

保母ではあったが、彼女は新劇団の研究生になって、演劇の勉強をしていたことのあるインテリ女性で「流氓」のなかに描かれている通りの、自主性を持ったしっかりした女でもあった。当時の新劇女優の卵が共通してそうであったように、左翼に憧れている女性であり、太原に渡ってきているいまは、すぐ近くにいる八路軍《パーロ》に憧れている女として登場する。高名な左翼作家であるNから、太原へ行ったら野島を訪ねてみるようにとすすめられたのだ、と女はいうが、それは人ちがいで、女の方は人ちがいを承知で野島に近づく手段として使っている。

野島の方は初対面の若い女から、高名な作家のNのことを言われて、その高名な作家と交渉があったと思われていたたい虚栄心が働いた。交渉というほどのものではないが、強いて言えば、若干の関わりを持った時期があるにはあったのだ。彼が四国に帰って農民運動をしていたころ、病気で窮迫していたある左翼の詩人を救援する金を、この作家が世話人になって集めていたことがあった。野島は土地の農民組合や、文化団体から集めた零細な金を、毎月、郵便切手に換えてNに送り、その都度Nからは受取の葉書がきた。

「詩人は新潟在の人で、『蕗の薹《とう》を摘む子供等』という作品で知られていたが、その詩も野島は読んでいなかった」

「『N――さんはいまどうしていられますか。書くことをとめられてから、金沢かどっか、郷里で印刷屋をやってられるというようなことを聞きましたが……』

『いいえ、ずっと東京です』

『奥さんの西静江さんは、やはり舞台に出てられるんですか』

『ええ、でも、近頃は地方の巡業が多いんです』

『すると、奥さんのほうは構わなかったんですね。それにしても、ああいう人たちの生活は、いまは大変でしょう』

『でもね、傍で想像するようなのとは、あの方たちの生活は、前からすこし違うんです。奥さんとお二人のスキーが書斎に飾ってあったり、どちらかというと小市民的というんじゃないかしら』

話がN――のことになると、彼女は調子づいていくらでも喋った。

『葛原さんはN――さんのお識りあい、それとも奥さんのほう……』

『はじめは奥さんのほう。あたし演劇をやろうと思ってました。あのご夫婦ね、喧嘩なさると、N——さん、黙って、台所へ行って庖丁とぐんです』

『庖丁……』と、野島が眼を瞠《みは》った。『物騒だな、そりゃあ』

『まさか、ただね、庖丁を錆びさせておいて、女房として文句が言えるかということなんでしょう、案外封建的ね』

封建的とか、小市民的とかいう言葉をそんなふうに使われるのを、野島は久しく聞かなかったと思った。戦争になってから死んだ言葉であったが、彼女は、野島にならゝ昔のその言葉の色合いで通じるものと決めて使っていた」

太原の果てにいて、日本軍のなかに身を投じている洲之内徹が、当時、転向を表明して出獄はしたものの、執筆禁止になっていた中野重治夫妻のことを、そんなふうに案じているのを見ると、左翼に好意を持っていた当時の地方の文学青年たちが、いかに素直に、素朴なまっ正直さで、東京の左翼作家たちの生活を心配していたかを思い出し、わたしは複雑な気持になる。

故郷で印刷屋になって、馴れない労働の日々を過しているであろう中野重治氏のことを、洲之内徹は、もはや自分にはその人の踏んだ土をなめる資格もないのだ、といったうらぶれた畏敬の念《おも》いで、遠く、懐かしく想っていたのである。夫婦のスキーが飾られてある書斎など思ってもみなかったろう。戦前のスキーは富裕階級の人のものであった。

都会と地方の生活程度の差が、現在では考えられないほど大きかった戦前のことである。

戦争中に東京に出て来て、わたしがまず驚いたのもそのことであった。じっさいに見たり聞いたりする左翼作家たちの日常生活が、小市民的というか、田舎者のわたしの眼には、いわゆるプロレタリア階層の人たちや農民の生活とは、想像もできないほど懸隔のあるものだとは、夢にも考えられなかったのである。

五銭とか十銭とかいう金が十分使用に堪えた、だからその五銭、十銭にも困っていた農民たちの困窮ぶりや、言葉につくしようもないあのころの農村の絶望的な疲弊状況を、そこで療養生活を送っていたわたしは、まざまざと見てきた。洲之内徹も農民運動をやっていて十分知っていた。

ドイツ降伏が予期され、噂にのぼるそのような時期に、洲之内徹のなかに、左翼の人々への、そのような純粋な思いが残っていたのであった。まったく田舎者でしかなかったわたしたちの青春の日の純粋さが、思いがけなくひょいと顔を出す、その懐かしさを複雑な心持でそのときも思った。洲之内徹がいうように、それはもう一種生理的な本能か、習性のようなものかも知れなかった。

日本軍の内部で洲之内徹の立場は、いつも微妙な境にいた。もし彼が軍の機構の中にいるのでなかったら、彼の平生の言動を憲兵隊や軍が黙って見逃してはおかないだろう、とわかっていた。矛盾といい、偽りとは言っても、戦争を批判しながらしかもその中で生きてゆくためには、皆それぞれ、自分のやり方で、その苦しみに堪えてゆくより仕方がない。狂信的な大仰な身振りで軍人に迎合したり高びしゃに神がかり的な信念を振りかざしている連中にしても、それによって内部の痛みに堪えているのかもしれない。しかし自分にはああいう真似はできない、と彼は考える。

軍が要求するだけのものを黙って果すと、あとは自分の生活に、やどかりのように自分らしい殻にひっそりとこもって暮らす。町の楽器店で古典のレコードを買い揃え、本屋をまわって新刊書を集める。本物の洋酒、匂いのいい珈琲をそなえる。その生活にしてからが、かりそめの、一つまちがえばたちまち根こそぎ崩れてしまう脆《もろ》いものとわかっていながら、それでもそういう日常を保つ努力を彼はつづけた。憲兵の中には、彼の経歴から、いつか彼が八路軍に奔《はし》るかも知れないと疑惑の眼をはなさない者もいたが、洲之内徹は、その点自分くらい安心な人間はないのだと知っていた。自分が本気で守ろうとしているのは、いまの自分の生活そのものだ。それ以外にはなにもない、と彼が一番知っている。それは決して容易に得られたものではない。数えあげることができないほどさまざまの細かい心づかいをし、心を砕き細心に注意しつづけてようやく護り得ている毎日なのである。

洲之内徹は、大陸に渡ってから教育召集を現地召集で受けている。現地召集を受けるとそのまま前線に持ってゆかれるのが通例であったが、彼の場合、そうはならずに職場に復帰させられているのは、職場での彼の必要性によってであったろう。

こうして職場で唯一人の女性部下であった人と結婚し、男の子も生れ、親子三人の平穏な生活を、彼は大切に守り通してゆきたいと望んでいた。

にもかかわらず、その大切な生活が一挙に崩れかねない冒険を敢えておかすことになる。それは運命的ななりゆきといえばなりゆきではあるが、敢えてそれをやらせたのは、ひとつには、洲之内徹の男の意地であり、もう一つは、あの一種生理か習性のようになってしまっている左翼の人間といえばどうしても生命を救ってやりたい、そうしないではいられないあるものの力なのである。その力に押されて彼は憲兵隊に捕まっていた部下を救い出しその逃亡のために自ら奔走することになる。

その危い橋を渡ったいきさつが彼のはじめから意図したわけではない最初の小説の生れる動機になった。

松山で彼が仲間たちとだしていた同人雑誌「記録」は、彼が軍属として北支へ渡ることになったときの号から「四国文学」と改題された。「記録」時代も、「四国文学」時代も洲之内徹は一度も小説を書いていない。エッセイと文芸評論で、それらのうち、捨てがたい愛着のあるものだけは、彼はコピーして二冊のノートにつくり、グリーンと水色のリボンで綴じ、彼自身の木版画をカットにあしらって残している。古いものからあげると、文芸評論「抗議する文学――『いのちの初夜』への覚書」(一九三六・一・二五) 随想「洋燈・時計・子供」(一九三七・九、一〇) 文芸評論「性格と心理――長坂一雄論」(一九三八・六)「『アンナ・カレーニナ』随想」(一九三九・八・二五) の四篇である。これらのなかで一番すぐれているのは最後の「『アンナ・カレーニナ』随想」である。

一九三九年の八月といえば、彼はもう北支に渡っている。まったく変った環境にとびこんだ彼は、文学に対する激しい飢えを感じていたにちがいない。三十枚ほどの文芸評論で、こんなふうな文章で始まっている。

「『アンナ・カレーニナ』に登場する数多い人物のなかで、誰が、作者トルストイに一番愛せられているか、とこんなふうに考えてみると私には、それは、アンナだという気がする。尤も、ゴーリキイはこんなことを書いている。――女に対しては彼（トルストイ）は私の見るところでは妥協しがたい敵意を持ち、それを罰することが好きである。――もしも彼女がキティーでなく、ナターシャ・ロストワでなく、即ち不十分に浅薄な存在でないならば。それは出来るだけの幸福を汲みとることが出来なかった男性の敵意であるか、それともまた『肉欲の屈辱的な衝動』に対する精神の敵意であるか？　しかしそれは――敵意であってまた『アンナ・カレーニナ』における如く冷然たるものである。と。

そう言われてみると、私には、私が愛と考えていたものは、本当は『敵意』であるような気がして来る。しかし私には、そうならそうでもいいのである。つまり私にとって大切なことは、作家が彼の創造した人間とどんなふうに関りあってゆくかをみて、その交渉のし方のなかに、単に作家と作中人物の間にある芸術的共感というのではなく、人間そのものに対する作家の態度の秘密を窺ってみるにあるからである。すでに、『敵意』をもつということが、人間と人間の交渉の中に生理のあることを感じさせる。彼等のいきさつには頭の取引だけではなく、心臓があずかっているのである。私は、私が勝手に『愛』と呼ぶもののうちに、この心臓を計算している。だから、『敵意』もまた私流に言えば『愛』の中に含まれる。そして、そのような意味で、トルストイはアンナを愛した、と私は思う。すくなくとも、あの気むずかしい懐疑家のレーヴィンなどよりも、アンナは彼の心の奥底では愛せられているのだという気がするのである。

レーヴィンは『アンナ・カレーニナ』のなかに現われたトルストイ自身である。そして私には、この小説のなかの他のどんな人物よりも彼は親しみにくい。レーヴィンにおいてのように、作家が自らに理想的な形象をあたえて、これを作品のなかに歩ませるということはよくあることである。

そして、作家が、自らにあたえる理想的な形象とは、この場合には、作家が自己を粉飾したり、理想的な性格を付与したりすることではなく、自らを仮借しない精神が自己と渡り合う、その内的な闘いの上につくり出されるところのものをいうのである。レーヴィンは、時には私には傍若無人な押しつけがましいものを印象させる。然し、それはレーヴィンその人が傲慢な性格であるからではなく、むしろ性格としての彼は、傲慢というよりも却って謙虚な人柄なので、彼の不遜な印象というのは、実は、レーヴィンの上に記された、トルストイの自己に対する止まるところを知らぬ反省、過剰で混乱している自己省察の堆積の持つ、圧迫感にほかならないのだと思われる。

アンナに対するトルストイの愛は、これにくらべるとはるかに直接で、明確で、ペーソスを持っている。時には傾倒と言ってもいいほどのものがある。彼女と並んでは、レーヴィンの理想の婦人たるキティーは、やはり『不十分に浅薄な存在』たるを免れない。アンナは、俗にいう一眼惚れの魅惑、彼女を一目見るだけで、相手の心が否応なしにギュッと摑まれるような力を具えた女である。『深い情熱は常に一時に、即ちはじめて会った時に起るものである』とショペンハウエルが言っている。ウロンスキイとアンナとはまさにそのようにして結ばれたのだった。モスクワの朝の停車場ではじめて顔を合わせた彼等の取り交す、すばらしい眼差しを、トルストイは克明に描き出している」

次に引用している朝のモスクワの停車場での二人の出逢いの場は、わたしもまた四国の田舎での療養時代に小さい手帖に写しとっているのであった。青春のいとなみの共通性に、わたしは思わず笑い出した。

——彼が振返ったときに、彼女もまた頭をめぐらした。濃い睫毛のために暗いほどに見えた彼女の輝かしい灰色の眼は、まるで彼を見知ってでもいるように、親しげに、注意深く彼の顔に凝らされたが、直ぐまた、誰かを捜してでもいるように、通りすがる群衆の方へ移された。この短い瞥見で、ウロンスキイは逸早く、彼女の顔面に遊び戯れたり、その輝かしい双の眼と、あるかなきかの微笑に歪められた紅い唇との間を飛び廻ったりしていた圧えつけられた生気を認めた。それは何かの過剰が彼女の身内に満ち溢れて、それが彼女の意志に反して、あるいはその眼の輝きに、あるいはその微笑のなかに、現われるもののようであった。彼女は心して眼の輝きを消した。けれどもそれは、彼女の意志を裏切って、その微かな微笑のなかに、光をちらちらと見せるのだった。——

誰の訳なのか、著作権などという言葉を聞くこともなかった暢《のんび》りした戦前のことで、彼もわたしも訳者の名は書きとめていない。米川正夫氏ではなかったかという微かな記憶がある。紅い表紙のノートは「むらさき」という雑誌の昭和十二年新年号の付録であったが、それを書き写したときの、未来というもの、異性というもの、恋というものへの、夢想と謎へのときめきをいまわたしは思いだす。もはや人生を終えたにひとしいこの時期に、アンナとウロンスキイの出逢いなどとはまったく無縁にすぎた生涯の味気なさを思っている。しかし、洲之内徹の方はどうであったろう。わたしの知っているだけでも相当の数をかぞえる彼の女性関係を思うと、彼にはウロンスキイに似た運命の、魅惑にあふれた女性とのめぐりあいがあったはずである。旧友たちが「『アンナ・カレーニナ』のスノさん」と呼んだりしただけの、青春の日の一番の力作であるこの評論は、評論というよりもむしろ、当時の彼の、未知の世界においての異性と恋と運命とへの憧れによるときめきであった。

敗戦後引揚げてくるまで洲之内徹が小説を書いたことがなかったのは、わたしにはなんとなく不思議に思われるが、彼が死んでしまったいま、そのことにも、ひとつの必然性を感じるようになっている。長坂一雄（相原重容）が生前小説だけを書いて、評論は書かなかったのと思い比べてみると、長坂一雄は小説を書くように生れて来た人であり、洲之内徹はそうではなかったのだ、と納得のゆくところがある。

芥川賞選考委員であったときの宇野浩二が、有力候補として何回も登場した洲之内徹の作品を読んで、「自分ひとりを大切にし過ぎる」と評しているところにも、その秘密があるのではないか、と考えるようになった。洲之内徹は生前に書いた小説のすべてにわたって私小説を書く人であった、という解釈は、それほどまちがっているとは思わない。もし彼が生きていても肯定するであろうと思う。すべて彼の身辺を描いたものばかりである。しかし葛西善蔵や嘉村礒多などの私小説とも、太宰治のそれとも、安岡章太郎やその他の第三の新人といわれた人々のそれとも、洲之内徹のそれは、本質的に異なっている。彼はじつに正直な男であった。にもかかわらず、小説のなかで、宇野浩二の評したように「自分ひとりを大切にし過ぎる」のであった。

順を追って話すとすれば、洲之内徹が期せずして、初めて書くことになった小説「鳶」は、同郷の文芸評論家、古谷綱武氏が自分の属していた同人雑誌「文学草紙」に掲載したことによって、第一回横光利一賞の候補になった。

第一回横光利一賞の受賞作は、大岡昇平「俘虜記」であった。それはいかにも鮮烈に、戦後文学の開花という、新しく訪れた時代の画然とした截《き》り口を示している。まったくのところ、中国大陸の戦場はいまや古色蒼然として見えた。南方海域の数知れぬ島々の広大な戦場は新鮮で、白人という初めての敵と接したのが、日本の農民出身の兵隊ではなく、すでに人生の経験のあるインテリ兵士であり、すぐれたフランス文学者であったことは、日本人にとって強烈な処女体験といってよかった。読者のすべてが、がんと頭をひとつぶん殴られたような衝撃と、外国文学を読むときに似た、心理描写とこくのある文学のおもしろさ、快《たの》しさを堪能することができたのである。他の候補作とは比較をゆるさない鮮烈さであった。「鳶」はまずそのタイトルが、いままでの古い日本の小説のそれを踏襲している。過去の左翼体験を引きずりながら、対蹠的な存在である軍の中に生きている主人公のジレンマと反抗は、小説のテーマとしてはおもしろいはずであるが、新鮮さと魅力の点で、とても比較にならない。

すでにフランス文学者であり、文芸評論家でもある人が、文壇への登場に全力投球した作品とは、作者の姿勢と、何よりも情熱に差がある。

受賞はしなかったが、しかし一部の人々にはその力量が認められたのであろう。当時、鎌倉文庫という名で、川端康成、高見順など鎌倉在住の文学者たちがつくって、新人発掘に力をそそいでいた文芸雑誌「人間」から新しい作品を見せるようにと言われた。洲之内徹は最上の機会をあたえられたのである。絶対に逃してはならないチャンスであった。

彼は急いで「雪」を書いて送った。いまから考えると、このときに彼は第一回目の恵まれた大切な機会をわれから潰してしまったのだ。「雪」は後に同人雑誌「文学草紙」に掲載されて、第二回横光利一賞の候補になっている。更に、ずっと後の昭和三十七年四月号の「文学界」に「流氓」と改題されて載っている。このいきさつは書かれていないのでわからない。

鎌倉文庫の「人間」からは「前作に及ばず」ということで返されて来たのである。二作を読み比べてみるとこの批評は納得できる。「鳶」には処女作の初々しさに加えて、恩になったまま、お互い消息不明になってしまっていた朝日新聞太原支局長の消息がわかって、(当時はラジオが毎日、尋ね人の時間を設けて、別れ別れになってしまって死生もわからない、家族、親戚、知人を捜し合っていたものであった)何よりもあのときのいきさつを告げて礼をいいたい、という作者の熱情が伝わってくる佳《よ》さがあった。

例えばその他にも、わたしがおもしろかったのは次のような部分である。ほんの概略である。

主人公、野島は、——正太線沿線ニ於ケル土地制度実態調査項目——に手を入れ終って部下の一人、中国人の馮英に言う。

「一応、これでよしとしよう。明日、君がもう一度眼を通してタイプに廻してくれ」

暗い中庭に黒い影をつくって葉を垂れた槐樹《えんじゅ》が眠っている。七月というのにこの山国では夜は気温がさがる。爽やかな夜気が中庭を水のように流れている。なに読んでるの、馮君、と彼は暗い庭に向いたまま、背後へ話しかける。

「レーニンです、『ロシヤにおける資本主義の発展』です」

ほう、と野島は向きをかえて、「えらいものを読んでいるな、どこにあったんだ」

「東辺街の公館です。まだほかにもいろいろありますよ」馮は笑いながら、「あそこの公館の資料室にあったのを、こちらへくるとき持って来たんです。あそこへ置いといても、誰も読む者はいないでしょう」以前から、管下の兵団が討伐で手に入れた書類はすべてそこへ送られてくるので、おびただしい鹵獲《ろかく》文献が山積している。

「その本を、ぼくも日本で読んだよ。もちろん日本語でだ。戦争のはじめごろには、まだ日本でもそういう本が出ていたんだ」戦局がきびしくなって、日本の有力な書店が、自社の文庫の中から、マルクス主義関係のものを自発的に絶版にしたことを彼は思い出す。

「もうよく憶えていないけれど、それを読むと、基本的な問題がはっきりするね」野島は馮英にいう。「調査項目の、君のネタはそれだったのか……」「そういうわけでもありませんが、しかしですね」と馮英は椅子ごと向き直った。「ぼく、このあいだからこれ読んでいて考えさせられるんですが、レーニンは獄中でこの本を書くのに、もっぱらゼムストヴォの統計にたよっているでしょう。それと資本論の第三巻と……。資本論の方法論でゼムストヴォの資料を整理したんですよ。とにかく、ゼムストヴォの統計がなくては、レーニンはこの本を書けなかったでしょう。ところがこの統計を作らせたのはツァーの政府です。ツァーの政府の下でも、そういう仕事が出来た。ぼくたちの仕事もですね、将来、このゼムストヴォの統計のような役割を果せたらな、と思うんですよ」

「そうだよ、だから、そいつをやろうじゃないか」

答えの調子がよすぎて、そのために却って、だんだん熱を帯びてきた馮英をはぐらかしたかたちになってしまったが、野島は一仕事終えて気持が少し浮き浮きしていた。

こういう一文を読まされると、あの愚劣な、威張り返った日本の軍部の起した戦争の渦のなかで、巻きこまれながらも、帝政ロシアのツァー政府の下でのゼムストヴォになろうとそんな場所でせめて情熱を持つしかなかった洲之内徹と、彼に生命を救われて、日本軍に処刑されるばかりのところを生きのび、漢奸の名に甘んじながら、洲之内徹の調査に協力している馮英の、男の友情のせつなさに、わたしの世代の女は、他愛なくハートを摑まれてしまうのである。

「雪」（のち改題して「流氓」）が「人間」編集部から、前作に及ばずとして返されたのは当然のことだ、とわたしも思う。この作品を最初として、洲之内徹のなかの、私が一番嫌だと思う一面、女に対する残忍さと嗜虐的な面が少しずつ顔を出してくる。

「雪」は「文学草紙」に掲載されたことで第二回の横光利一賞の候補にあげられたが、このときの受賞作は、永井龍男の「朝霧」であった。鋭く緊密な短篇の名手の代表作の一つとあっては、第一回の「俘虜記」に敗れたときと同様、これはもう何も言うことはない。

しかし、洲之内徹にはまた、「作品」という雑誌から、原稿を見せて欲しいと注文がくる。一応の力量は認められたうえ、彼の中国での特殊な戦争体験は、まだまだ吐き尽くされてはいないはずだ、と見る人が多かったのである。新人を求めることがいつよりも急であった時代でもあった。戦後の文芸復興の大波が打ち寄せていた。

このとき洲之内徹の書いたのが「棗《なつめ》の木の下」という百枚以上の力作である。ところがこれがまた「前作に及ばず」で戻されてくる。前作とどのように比較されたのかわからないが、この批評はわたしは肯けない。「棗の木の下」は前作「雪」よりもはるかに佳い作品である、とわたしは考えている。洲之内徹の代表作であると思っている。

この作品は、戦争中、軍隊で識り合った田村泰次郎によって、「群像」に紹介され、掲載されることになった。田村泰次郎は当時、肉体派文学の旗手として、一世を風靡しているといった感があった。

「棗の木の下」は急いで書いたとあとがきにはあるが、密度の高い作品で、主題もまた、他の人間には書けない特殊な人間の状況である。洲之内徹にとっても、とっておきの大切な素材であったはずである。

日本軍の捕虜として捉われ、処刑寸前に救出された中国人が働いている洲之内公館に、一人だけ日本人の若者がいた。彼はあるとき出張してきた県城で洲之内徹に接して、他の日本人軍人にない魅力を感じたらしい。いわば彼は、自分勝手に洲之内徹の仕事を解釈して自分から志願してとびこんできた大陸生れの若者で、最初から彼には洲之内徹に対して大きな誤解があった。当然二人の男たちはうまくゆくはずがなかった。好き嫌いの激しい洲之内徹が、嫌な奴と思う同性に対するときの心理的な残忍さは容赦ないものがある。

ここまではわたしの調べた事実であって、これからあとは、小説「棗の木の下」の語る内容である。主人公はここでは古賀という名の特務大尉ということになっている。副主人公の若者は河合という。大陸生れの彼にはいわゆる日本人の持つ心情とはかけ離れたところで人生を考えているところがある。彼にとっては情報という仕事は、密偵を敵地区に潜入させたり、便衣の下に拳銃をしのばせて城外の旅館に張りこんでみたり、機密費をたっぷりもらって青幇《チンバン》の顔役と称する連中と料亭にあがって派手に酒を飲み、彼等を懐柔したりする、そういうことだと思っている。そんなふうに誤解させたのは古賀の方にも罪はあって、最初の出逢いがそういうものに似ている部分があった。古賀もそれはわかっているがわかっているだけ彼は腹が立つのである。普通の場合は、極く地味な、むしろ辛気くさいこまかい数字を扱う調査なのである。したがって河合は仕事の上で干されることになる。古賀は自分の大人気なさがわかっていながら憎悪がつのってゆくのを制《おさ》えられない。ほんとうは彼を指導し、育成しなければならない立場なのにという自責はあるのに、意地悪く、意地悪くなってゆくのである。

ある日、古賀は八路軍の女兵士、抗日大学の学生でもある女の捕虜を、これは彼が願ってではなく、軍がもて余して押しつけられることになる。

この女兵士を河合は受けとりにゆくことになり、その後も彼女の面倒を見てやることになってゆく。殺せ、殺せとしか言わなかった彼女が、しかしだんだん慣れてくると案外な女の面を表してもくる。古賀自身が、胡同の奥の紅い格子の静かな小家を見ると、ああいうところへ彼女を囲って、そこへ通う自身を空想したりするのだが、それより先に若い者同士のあいだが進展してしまっていて、古賀が作戦にひっぱり出されて長く留守した公館へ帰ってくると、女は、母のところへ一度だけ帰らせてくれと申し出る。二度と帰っては来ないだろう、八路軍へ帰るのだ、とわかっていて、古賀は承知する。女の方は河合を八路軍へ伴なう算段をつけていて、電報で誘い出すが、ちょうど鉄道が破壊されて河合は途中で足止めを食い、女とは逢えず空しく引返してくる。兵隊になっている兄に逢いにゆくという河合を、女に呼び出されてゆくと知ったうえで出してやった古賀であったが、彼にも予期せぬなりゆきであった。帰って来た河合はまるで人が変ってしまって無口になり、やがて商売を始めたいと言って公館をやめる。そして河合は行方不明になる。日を経て古賀は、河合が八路軍にはいってオペレーターになっていたが、古賀の公館にいたことを知っている、胡椒買いつけに山にはいった商人に密告され、スパイとして処刑されたことを人づてに知るのである。

古賀はいつか太行山脈の中の小さな部落のはずれに、棗の樹が四、五本並んでいるところを、初めて討伐に従軍する河合をつれて、そこを過ぎてゆく軍隊の中にいた日のことを思い出す。歩きながら、兵隊たちの眼は、その中の一本の樹の根方に注がれていた。

ひとりの憲兵伍長が、少年のような八路軍の兵士を、後手に、その樹の幹を中に通して縛りつけていた。それから、十四年式の大型の拳銃をケースから抜き出すと、三歩か四歩後に退って、少年の顔を狙って発射した。脆い泥人形の頭を金槌かなにかで殴りつけたように、少年の額の一部が欠けて飛んだように見えた。血が、水道の蛇口からほとばしる水の太さで噴出して、黄緑色の粗末な軍服の胸に、見る見る鮮烈な赤い色どりを拡げていった。少年の膝が次第に曲っていって、手を縛り合わされた上体が、前に傾きながら傾ききれず、その幹を伝ってずり下がっていった。

憲兵の残忍さを憤る思いは、古賀にも兵士たちにもある。息を呑んだ気配の沈黙が、彼等の憤りを示している。しかし、誰もそれを外に表すことはできない。顔にかかる棗の枝の棘をかわして古賀は馬の背で身をそらせたが、その拍子に河合と眼が合うと、なぜということもなく薄笑いをする。河合は苦しげに顔を歪めたまま、怒った表情を崩さなかった。そういう河合を見ると、突然、古賀は自分の笑いを、たまらなく惨めに、見すぼらしく感じる。憐れなその笑い顔で、自分は兇暴なあの憲兵によって代表されるものに媚びているのだ、と思う。この虐殺の場面を見詰めている多くの顔の中で、最も醜い、卑しい顔が、自分のその顔である、と思う。河合の処刑されたことを聞いたとき、古賀の目に浮かんできたのは、そのときの河合の、苦しそうに歪んだ顔であった。

共産党史を懐に山へはいって行った河合は、自分の身の上に、よもや、そのときの八路軍の少年兵の運命を思ってはいなかったであろう。そう思うと、あのときの河合の顔は、そのまま、自分の悲運を前に、憤り、絶望している顔になって、まざまざと古賀の眼に浮かんでくる。その顔に向って、古賀はもはや笑いかけることはできない。河合の蹉跌《さてつ》を憤る、悲憤が胸にみちてきて、それに堪える古賀の顔も苦しげに歪んでいるのであった。

というのがこの作品の結末であり、洲之内徹の言いたいことであった。

「棗の木の下」は昭和二十五年一月号の「群像」に掲載されたのであった。そして二十五年上半期の芥川賞の候補になっている。このときの受賞作は、辻亮一の「異邦人」である。この期は、田宮虎彦氏が最有力候補であったが、田宮氏はすでに有力誌にたくさん書いていて当時は流行作家の感さえあった。もはや世に出た押しも押されもしない作家であって、新人ではないということで除外されることになった。

新刊

彼もまた神の愛でし子か

——洲之内徹の生涯

大原富枝 著

文学的香気あふれる美術エッセイを小林秀雄に激賞された美術評論家・洲之内徹。学生時代に左翼運動で検挙され、戦時中は中国で諜報活動に従事する。戦後、小説に手を染め、芥川賞候補になったが、美術評論家に転じて以降、雑誌に発表した「気まぐれ美術館」シリーズが鋭い批評眼と独特の文体で多くの読者を惹きつけた。洲之内徹の旧友でもある小説家・大原富枝が哀惜をこめて描いた入魂の評伝——。

定価：700円

甦る秋山真之（上・下）

三浦康之 著

明治史上の傑人として、司馬遼太郎『坂の上の雲』にも描かれ、再び評価が高まりつつある海軍名参謀・秋山真之。伊予水軍の末裔である秋山は、日露戦争において、旅順艦隊、バルチック艦隊撃滅のための智謀を尽くし、その勝利を戦略的に決定づけた。秋山の見事な軍学は、混迷の現代を乗り越えるための指針でもある。

各定価：780円

既刊

日本人の忘れもの ❶❷❸ 中西 進 著 各700

明治少年懐古 川上澄生 著 780円

竹久夢二と妻他万喜 林えり子 著 780円

いま、なぜ武士道なのか――現代に活かす『葉隠』100訓 青木照夫 著 700円

蝶は還らず――プリマ・ドンナ喜波貞子を追って 松永伍一 著 780円

東海道品川宿――岩本素白随筆集 来嶋靖生 編 岩本素白 著 700円

日本人は何のために働くのか 久保博司 著 700円

余はいかにして鉄道愛好者となりしか 小池 滋 著 700円

清朝十四王女――川島芳子の生涯 林えり子 著 780円

変化の時代と人間の力――福原義春講演集 福原義春 著 780円

選考委員の一人、石川達三氏は、

「洲之内君の作品は正月の委員会にも提出されたが一月号に載っているので、今回に保留したものであった。この作品も私は相当高く評した。前回候補に出ていたときは、私は第一に推そうと思っていた。しかし今回まで保留されて見ると何か色あせた感じがあって強く推せなかった」と書いている。

この作品が一月号に載ったことはひとつの不幸であったかも知れない。一月号はすでに前年の十二月はじめには市場に出ているのである。芥川賞のその年の下半期の選考は、一月に行われるが前年の六月号から十二月号までがその対象となるのである。一月号掲載の作品は六ヵ月間待って、七月の選考委員会にかけられる。そのときになってみると、半年間棚ざらしになった色褪せた感じがつきまとうということは避けられないことになる。

「棗の木の下」はいま読んでも感動をあたえる強力な作品であるが、石川達三氏の卒直な感想はどこから来たのか、と考えてみると、同じく選考委員の丹羽文雄氏が「今度の候補の中でいちばん作家的手腕があったのは『棗の木の下』の洲之内徹だった。この小説にはどうにもならない古さがある。宇野さんは、自分ひとりを大切にしすぎる、と評していたが、この古さはどこから来るものか、私にはまだよく判らない」と書いている。この評の言葉には考えてみなければならないたくさんの問題がある、とわたしには思われる。

文学作品の古さ、というのはなんであろう、と考えてみる。洲之内徹の小説は手堅くて、作家としての手腕のたしかさを感じさせるが、同時に、辻亮一の「異邦人」と読みくらべてみるとたしかに「どうにもならない古さ」を否みがたく感じる。芥川賞という新人賞としては致命的な欠点となるのである。

「古さ」というものにもいろいろある。一つには、その作者の生きた時代の色彩というものがある。洲之内徹の場合、そのタイトルのつけ方に一番よくそれが現れている。「鳶」にしろ「雪」にしろ、「棗の木の下」にしても、すべてが、その作品の終末近くに出現する印象的な自然現象とか、事物にたよっている。「雪」を後年「流氓」と改題したのも、自分でタイトルの弱さ、自然主義的な古さに気づいたせいかもしれない。

「古さ」がもっと決定的な点は、感性のユニークさがない、ということではないだろうか。洲之内徹の感性や心理の動き方には、読者のすべてを納得させる正当性のようなもの、妥当性のようなものはある。手堅く押しつめてゆくが、あっと思わせるような意外性というものがない。すべてごもっともという感じ方で押しつめていて、おや、と思わせるものがない。おや、こういうところで洲之内徹という作家は、こう感じるのか、とおどろかせるものや、一種の、誰でももっているはずの、その人の滑稽味、その人だけのもっている味わいのおもしろさ、というものがないのである。

河合に対する感じ方、女捕虜に対する感性の揺れなど、すべてがごくごく当然なのである。僅かに感じられるのは女捕虜に対する感性の揺れに、あるサディスチックなものが感じられるのが特殊であろうか。河合に対する意地悪さにもそれがある。

宇野浩二が言ったという、「自分ひとりを大切にしすぎる」というのはさすがだとわたしは感動している。小説というものが「飯よりも好き」といわれて、文学の話なら時間を忘れてつづける人であった。東京へ出て来て「文芸首都」の月例会で吶々《とつとつ》と文学について話す宇野浩二を見たとき、わたしは初めて文学をやる人、小説を書く人を見た、と思った。まったくまるで嘗めるように小説を味わい、そのうまさ、からさ、あるいはつまらなさをいつまでもいつまでも語りつづける人であった。さすがに小説があんなに好きな、また人生での苦労人でもあった宇野浩二の眼の鋭さだ、と感じる。

自身の分身としての古賀大尉のいやらしさとか大人気なさを、正直にあますところなく描いているように見えて、しかし、洲之内徹の作品は、どの作品でも、「自分ひとりを大切にしすぎ」ている。他人への思いやり、自分への立場への考察など、すべてが窮極のところ、「自分ひとりを大切にしすぎる」方向で働いている。自分が絶対なのである。作家としての力量がたしかであればあるだけ、いっそうそれが目立つことになる。洲之内徹のそういう作品の傍にもってくると、他の候補作品の、どこかひ弱さを感じさせる筆の方に、文学としてのユニークな魅力を感じるのである。ほのぼのとしたやさしさ、救い、文学だけがもつ一つの魅力が生れるのであった。

新しさとは、要するにその作品だけにあって、他の作品にはない魅力なのである。おもしろさである。もっともと思われるものではなく、おや、と思わせる意外性、ふっと笑ってしまう、その作者だけのもつユーモア、おかしみ、なのである。

洲之内徹が完璧を期して、確実に、入念に、堅固に、描けば描くだけ、いっそう、自分が絶対、という主張が、「どうしようもない古さ」となって、読む者の鼻につく。確実さにおいていくらか欠け、どことなくひ弱で、そのひとだけのもつ作品の魅力、それのおもしろさが洲之内徹の作品ではどこまでも除去されているのであった。

「棗の木の下」が候補作になったとき、選考の参考作品として彼は「掌のにおい」を書いて、「文学界」に載っている。

「その頃、私は松山にいてはときどき東京へ出てきて、出てくると田村さん（泰次郎氏――大原註）の家に居候していた。『掌のにおい』は田村さんの家の二階で書いた。田村さんのところへ遊びにきた近藤啓太郎氏が二階へ上ってきて、原稿を書いている私を胡散臭そうにしばらく見ていたりした」

「棗の木の下」が候補にあがっていて、その選考の参考作品として書くのに、彼はどうして「掌のにおい」のような、凄じいまでに彼の「自分ひとりを大切にしすぎる」と指摘された欠点を、この上なく強烈に出した、しかも、全体にだらけた、たがのゆるみきった作品を書いたのであろうか。

しかし、翻って考えると、ここにこそまぎれもなく洲之内徹がいる、とも思う。「掌のにおい」に出ているこのけだるいニヒリズムこそ、洲之内徹そのひとであったとも言えるのである。有力な文学賞の候補にあがっていながら、参考作品を書くというのに、彼は選考委員たちに好感を持たれるような作品を書こうという努力はいっさいしていない。ありのままの自分をなんの修正もなしに投げ出している。しかし、この作品を読むと、あの時代がどうしてもなまなましく甦ってくる。

あの時代――敗戦後数年の空気が頬のあたりを立ち迷ってくる心地がする。どの駅前にもやみ市が埃りっぽく喧噪をきわめ、肉体派文学の広告が風に舞い、裸体の女の荒縄で縛られて宙に吊るされているどぎつい映画の広告写真がべたべたと壁に貼られていた。

「砂」や「掌のにおい」のような退廃的で暴露的な、嗜虐的な作品が巷に溢れていた。洲之内徹の不幸は、それらの作品の及びもつかないほどの地獄と荒廃をすでに彼がその心身のうちに持っていたということに尽きると思う。

洲之内徹に一度でも直接逢ったことのある人は、例外なく、彼を、暗い陰のある、なにか一筋縄ではゆかぬ男、という感じの人だった、と言っている。内面から絶えまなくにじみ出るような暗い陰を負っていて、痩身でしかも小柄な身体でいながら、なにか不思議なエネルギッシュな存在感が、独特のインテリジェンスと混合して、つよい印象をあたえるのである。

男性にとってはどこか不快と敵意を抱かせたかもしれないが、それは女にとっては、他のめったな男たちには見ることのできない魅力であったことを、わたしも認めないわけにはゆかない。貧弱な体軀でいながら、彼ほどその暗い陰によって男っぽい魅力を感じさせた男を、わたしもほかに知らないのである。

「散々の悪評で、選考委員の一人からは『この人の技量力量共にわかっているつもりだったが、こういうものを書くようでは考え直さなければならない』という意味のことを言われた。ついでに書いておくと、次の芥川賞候補の『砂』も評判が悪く、選後評のなかで佐藤春夫氏が、『こんなものが受賞するようならオレは絶対反対だ、そう決意して家を出る』と息巻いていられるのを読んで、私は眼を白黒した」と本の末尾に書いている。

「砂」は「棗の木の下」のあと、「群像」から次作を送れといわれて書いて送った作品である。この作品がまた、「前作に及ばず」ということで田村泰次郎氏のもとに返されて来た。田村氏がこれを「中央公論」に紹介したことで、その秋の「中央公論」文芸特集号に載る。それによって、洲之内徹は、その年の下半期に再び芥川賞の候補になるのである。

「砂」はやはり中国大陸での戦場ものであるが、「棗の木の下」に比べると荒廃の甚だしい作品である。作品の質としては「掌のにおい」と共通する作者のけだるいニヒリズムとエゴイズムが濃厚に出ている作品である。

佐々木基一氏は一九八三年東京白川書院刊『洲之内徹小説全集』の月報2に次のように書いている。

「こんど、洲之内徹氏の作品集二巻が編まれることになり、わたしは改めてむかしの作品に目を通したが、洲之内氏の全作品に、氏の戦場体験が大きな影を投げかけていることにいまさらのように気がついた。この影はけっして明るくはない。しかし毒々しいほどどす黒くもない。自分でどう処理することもできない、そこはかとないニヒリズムに心が浸されている、そしてそういうニヒリズムに身をひたして、いずこへともなく、ゆっくりと流されて行く。そういった姿勢が、戦後の荒廃の中で、女との情痴にふける男を描いた作品の中に一貫して感じられる。恐らくそういうニヒリズムの生まれてくる源をたどって行くと、洲之内氏の戦争体験に行き当るにちがいない。そういうふうにわたしには感じられる。

『掌のにおい』における、主人公のけだるい、投げやりな姿勢は一種のすさまじさを感じさせる。睡眠薬を飲んで昏睡を続ける女を、そのままにして主人公は逃げ帰る。いま救ければまだ間に合うかもしれぬ女を、見殺しにしてしまうのであるが、一見極めてエゴイスティックにみえるこの主人公の心の奥底に、わたしは目をそむけたくなるようなむごたらしい場面をおびただしく目撃し、自らもまたむごたらしい行為の実践者になった兵士としての戦争体験を感知することができるような気がするのである。このけだるいニヒリズムに包まれた男の行為を、非倫なものとし、不潔なものとして攻撃することはたやすい。しかし、一見非倫とみえるこのエゴイズムの底に、わたしは作者のひそかな心の震えを感知することができる。どうしようもないものを、どうしようもない、としてぽいと投げ出す、その思い切った切断のうちに、うまい言葉で云いあらわすのはむずかしいけれど、文学の根のようなものが存在するのではあるまいか。

『女難』とか『雨の中』とかいった作品にも同じモチーフが貫いていて、わたしは、いまこれらの作品を再読して、あらためて〝戦後〟の匂いをそこに嗅ぐ思いがした。実際、まがいもなくこれらの作品は〝戦後的〟な性格を色濃く漂わせていて、わたしを一種の郷愁へと誘うのであった。その後三十年の年月を閲するあいだに、いつの間にかなしくずしに風化してしまって、いまや白けきったニヒリズムへと退化した、昨今の傾向とは裏腹に、何かしら切ない悲痛な叫びを底に秘めたニヒリズムとエゴイズムを、わたしはそこに感じとるのである。

洲之内氏が敗戦後の混乱と荒廃のなかで見つめ続けたもの、自分でもどう処理していいかわからなくてその上に居据ってしまったかにみえるもの、それらのものの内に含まれている問題は、いまもなお何ひとつ完全に解決されてはいないのである。こんど氏の作品を再読して、そういうことを強く感じた」

佐々木基一氏のこの文章は深い洞察力を示している批評である。たしかに氏の言われるように、一見非倫とみえるこのエゴイズムの底に、作者のひそかな心の震えを感知することもできるし、どうしようもないものを、どうしようもない、としてぽいと投げ出す、その思い切った切断のうちに、(うまい言葉で言いあらわすのはむずかしいけれど、と氏はことわっているが)文学の根のようなものが存在するのではあるまいか。と言われているのもわかる。繊細で鋭い批評眼だと感歎する。

戦後三十年の言葉であるが、さらに十年を経た今日、情報という怪物が地球上を跳梁していて、ニヒリズムという言葉そのものが本来の初々しい性格を全く失って「シラケ」というなにか無性格的な言葉にとって代られたなかで読むと、洲之内徹のニヒリズムとエゴイズムには、その底に何かしら切ない悲痛な叫びを聴きとることができる。ある意味ではむしろ健康さを感じる。

「砂」も、「棗の木の下」と同様に、必ず受賞するであろうという下馬評が高かったという。それをもってしても、敗戦後、まだ五年目という時代の荒廃ぶりを思わせる事実である。重ねて言えば、洲之内徹は、この二作を書いたことによって小説を書いて生きてゆきたい人間としての自分自身を虐殺した、とわたしは考えている。

宇野浩二が言った「自分ひとりを大切にしすぎる」危険さは、彼の抱いている地獄をして逆に自分のなかの「人間性」という、人間にとって不可欠の大切なものを殺してしまうことになった。このとき、彼は文学の真中にはいってゆくつもりで、逆に外側の人間としてはじき出されてしまったのである。

「砂」は選考委員会で激しく論評されたという。宇野浩二は、作者が、つまり主人公だけがいい子になっている独りよがりの作品で、女を凌辱する場面は、顔をそむけたくなる作者の悪趣味である、と言い、岸田国士は、戦争を背景にした暴露記事であって、文学作品ではない、ときびしく批判した。佐藤春夫は、いやに深刻がった紙芝居だ、と言って受賞には絶対反対である、と言っている。戦後三十年を経て、はじめて佐々木基一氏によって書かれたような深い洞察は望むべくもなかった。そうしてこの回は受賞作はなし、であった。

洲之内徹のなかの人間性の破壊が、すでに深奥に達していて、いかに凄惨なものであったか、その様相を、いまわたしは改めて思っているのである。

しかし、この後も彼は文学と無縁な人間になったわけではなかった。魂は凄惨な様相を呈していながらも、彼はやはり文学が好きなのであった。発表の当てもない作品をこつこつと書きつづけ、十数年を経てもう一回芥川賞の候補になっている。「終りの夏」である。

そのあいだのはじめの数年間、洲之内徹は生活が窮乏をきわめていた。妻子は京都へ別居させたまま、彼は自分ひとりのなりわいさえ立てかねて、よく春がくれば「終りの春」と思い、夏がくれば「終りの夏」と思った、とどこかに述懐している。題名のよってくるところである。生活のあてもなく、発表のあてもなく、それでも書かずにはいられなくて小説を書いている。

女主人公は彼の故郷の民放の放送局の女性アナウンサーである。引揚げて来た故郷で知り合い、地方演劇の女優でもあるその女性と、東京へ出て来てからも逢う機会が何度かあって、しかし、この女性の場合だけが特殊であった。女は清純なところのある娘で、絶対に彼にゆるさない。素直でやさしいこの娘にはさすがの彼も押切れないものがある。洲之内徹のもっていた異性に対する残忍さを、最後まで抑制させるものがこの娘にはあった。洲之内徹はくり返して書いているように、彼の場合、女性を犯すには相手に対する強烈な憎しみが必要であった。それなしには彼は異性に対して（多分同性に対してもであったろう）残忍にはなれなかった。異性に対する憎悪の場合、いろいろの種類がある。一番普遍的なのは、勝気で生意気で、女である自分に理由もなく優越感と自信を抱いている女であり、殊に、あらゆる男は、女の性的な魅力には弱いもの、と男を見くびっている、むしろ挑発的に振舞うような種類の女である。

　しかし、まったく反対に、徹頭徹尾相手が弱者である場合も、彼は冷酷で残忍になってしまう自分を十分知っていた。勝気で生意気で気の強い自信家の女が憎悪の対象になるのと同様に、徹底した弱者もまた、そのあまりにも救いのない弱さによって、彼の強烈な憎悪の対象になった。たとえば逃げおくれた、しかも纏足の若い農婦などである。これは彼の生来の性格であったかも知れない。しかし彼はこれを彼だけの特殊なものではなく、男性一般に共通のものだと書いている。討伐戦を終えて疲れ果てている兵隊が、敢えて敵方の女を凌辱するのは、生理ではなくて、弱者に対する憎悪の思想だ、と言うのである。もしそうなら、これは、人間をつくられた神にこそ訊いてみなければわからない。

「終りの夏」の女主人公には、女というものに共通してあると思われるある種の図太さのようなものがない。どこまで押されても、自分の肉体の純潔を守り通そうという稚いほど強靭な意志があり、しかし、好きな男に対する底知れぬやさしさがある。おそらく、州之内徹が生涯に出会った唯一の女性であったろう。もちろん女のことでは定評のある彼のことである。腕力で押しきろうと何度となく試みている。娘は、彼が何もしないからと誓えば、それを信じて、彼の部屋に泊まるような素直さであった。しかし、最後の最後のところで自分の体を守り通す、精神の靭《つよ》さをもっていた。

「終りの夏」という作品を、彼は画廊に勤めるようになって一応の生活の安定を得てから何度も書き直している。一年に一回くらいの割り合いで、四、五回も書き直した。男と女のなかなどというものは、ゆきつくところまで行ってしまえば、べつにどうということもないものではあるまいか。彼がこの作品を四、五回も書き直すほど愛着したのは、そういう関係におちいらなかったからであったろう。愛情のぬくみを仄々《ほのぼの》といつまでも保つことができたからであろう。（こういう推測がいかに州之内徹の性について無知な女の考え方であったかを、わたしはあとでしたたかに思い知らされることになるのであるが、）しかし、書き直しただけ作品がよくなったことはたしかであろう。

載せてくれるところもなく、また持ちこむ勇気も自信もなかったので、そのままだったのを、松山の同人雑誌「文脈」に載せたら、これがその月の同人誌の最優秀作ということで、「文学界」に転載され、三度目の芥川賞候補になっている。

「そのときは、私はもう銀座で画廊をやりだしていたのだ。（略）審査の前日、文藝春秋社から電話が掛ってきて、受賞と決まったら取材に行くから当日は所在をはっきりさせておいてくれといわれ、その晩は夜になってもひとりでずっと画廊にいたが、いつまでたっても何の連絡もない。九時過ぎになり、思いきってこちらから電話をしてみると、ただひと言『宇能鴻一郎さんに決まりました』という返事であった。もし電話を掛けなかったら、私は一晩じゅう画廊の椅子に坐っていることになったかもしれない。画廊を出てシャッターを下ろしていると、一軒おいて隣の文藝春秋社の玄関から、カメラマンを混じえた数人の取材班が車に乗り込むところであった」

このときの受賞作品は「鯨神」であった。わたしには「終りの夏」の方がもっと本質的な作品になっていると思われる。あの「砂」や「掌のにおい」という作品がなかったならば「終りの夏」は正当な評価を得ていたかもしれない、といまでも思う。洲之内徹が「砂」や「掌のにおい」を書いたことは偶然ではない、と思う。復讐するのは、虫けらのように踏みにじられた人間の怨念ではない。踏みにじり、虐殺した人間自身の地獄である。それを文学として書き綴った、その同じ手である。

その後の数年、彼は小説をいっさい書いてない。四十一年六月号の「新潮」に「ある受賞作家」を書いているのは、多分依頼されてであろう。主人公、石崎晴央は、洲之内徹の松山での後輩で、「文脈」の仲間である。昭和二十九年、「新潮」の同人雑誌賞の第一回受賞者であった。特異な持味の短篇をいくつか発表した。一種の精神病者で生活不能者でもあったようである。まざまざとその人を見るようにおもしろく描出されているし、その時代も出ている。洲之内徹は他者にだけきびしく暴露的であったわけではなく、自身のことも洗いざらいさらけ出している。しかし、精神に病を持っている青年の哀れさ、文学に執着しながらそれによって生活をたてることのできない若者の哀れさが、強烈に、なまなましく描出されているために、私という洲之内徹自身らしい人物にこづきまわされているような印象になるのを、どうしようもないのである。じっさいには、むしろ、洲之内徹こそ、さぞやりきれなかったであろう、と十分よくその迷惑さがわかりながら、ここでも石崎晴央は、中国の戦場になった農村の逃げおくれた纏足の若妻のように、そのあまりにも救いのない弱さのゆえに、洲之内徹の憎悪の対象になっているのが哀れをそそる。

『絵のなかの散歩』という美術エッセイは、新潮社出版部のK氏の好意によって、四十六年ごろから書き溜めるようにすすめられ、四十八年六月に出版された。彼の最初のエッセイ集で評判がよく版を重ね、「芸術新潮」に「気まぐれ美術館」を長年書きつづける基盤となった。この形式は彼の生理にぴったりしていた。

なによりも彼は絵が好きで、おれは単なる「絵好きだ」とよく口にした。批評家とか、評論家とかいう言葉を嫌った。絵に関わりのある豊富な、しかも他の人の持たない独特な人生体験を持っていた。絵について、あるいは絵と人生について、語りたいことが彼には無限にあった。

毎号、彼はなんの束縛も受けず、自分の生理の赴くままに書いていた。彼の持つ知性がのびのびと縦横に働いていて、かた苦しい肩肘張った理論めいたものはなく、独特の話術が、読者を思いのままに彼の世界に引きこんでいった。たくさんの愛読者を彼は持つことになった。彼の書くものだからどちらかと言えば文学臭があったが、それもほどよく読者を彼の世界へ惹きつけてゆく作用をした。文学だのというしちめんどうな批判につきまとわれることのない世界で、自分の言いたいことを自由に言うことのできる、この上もなく仕合せな舞台を、彼はここであたえられたのであった。あのように何度も文学賞の候補にあげられ、そこの俎板の上で、手ひどい解剖の責苦をあたえたあとで、神は、彼にまったくこの上もなく自由な境地をあたえたのである。神の慮《おもんぱか》りほど、はかり知れないものはない。

文学の世界では「小説以前の問題、人間の問題だ」といわれて、受け入れられなかった独善性や残忍性は、ここでは表面に出ることはなく、むしろ「技量、力量、ともに十分」と評された描写力の方が十分に活動して彼の名を高めることになった。

何よりも絵というものの持つ美が、彼のあらゆるよきものを引きだしてくれる作用をした。

真暗な、深い井戸の底である洲之内徹の過去は、まず、熱心なクリスチャンの家庭で育つことで抱くようになった、キリスト教的というよりも、教会的な世界と人間たちへの嫌悪と反撥から、彼自身の世界が掘りはじめられ、左翼の世界へはいってゆくことになった。そこでの敬愛する同郷の先輩であり、すぐれた絵描きであった重松鶴之助の最期の不可解さにこだわりつづけることによって、彼自身の居場所をおのずから明らかにしている。

北支那での日本軍部のなかの特殊情報工作隊という世界に、われから進んで身を沈めることになる彼の過去の歩みは、左翼の体験なしにはあり得ないものであった。

しかし、あの時代には、左翼体験をもった青年のなかで、洲之内徹と同じ居場所を掘り下げていった者は、彼自身が小説のなかに書いてもいるように、わたし自身も実例をいくつか知っているように、決して彼一人ではなかった。

だが、そのなかで、彼のように特殊な井戸を深く深く掘り下げていった者は、いないのである。おそらく彼一人であった、と思われる。彼にはその力があり、それに堪えられる精神の強靭さがあった。彼はその世界を、自分で作品に押し出すという作業によって、真暗な、その井戸の底に、仄暗いカンテラを、ときにはもっと明るいランプを長く長く吊り下げていったのである。この作業もまた、自分ひとりを大切にしすぎる独善さといわれるのは仕方ないとしても、万人に勝れた精神の強靱さなしには、決してなし遂げられないことであった。非力なわたしが、洲之内徹の過去という真暗な底なしの井戸に、手探りでおぼつかなく下りてゆく作業を、わずかに可能にしてくれるのも、彼の灯しておいてくれたこのランプの灯であった。

　殆ど同じ年に前後してこの世に生れてきて、同じ時代を生きた友達という懐かしさが、彼の灯しておいてくれたこの灯を消すまいと、両の掌でかばいながら、わたしはこの井戸の底に少しずつ降りてゆく。

第二章

——そこに書かれていることを心に留める人々は幸せである。時が近づいているからである。

ヨハネ黙示録1－3より

その郊外電車は、二、三年前に新しく通じた都営線で、東は遠く千葉県の方に通じているらしい。ときたま、わたしも利用することはあったが、せいぜい都内の範囲であった。今日は西の方、多摩方面の終点に近いところまで乗ってゆくのであった。地下鉄のつもりであったが、いつのまにか地上を走っている。緑の多い郊外になっていた。

赤駒を山野に放《はが》し捕《と》りにて多摩の横山徒歩《かし》ゆか遣らむ

防人《さきもり》にゆく夫を馬に乗せてやれなかったのを歎いた妻のうたは、このあたりのことであろうか。

多摩丘陵と呼ばれる、巨大な牛がゆったりと臥して草を反芻しているような、深々と樹木の茂った小山が窓の外に重なり合って見え、ところどころに大きな遊園地の施設の一部が、突然空高く現れたりする。時計を見るともう一時間ほど乗っていた。次の駅が下車駅である。

その駅の構内も広々として空気が澄んでいる。広い階段を下りた駅前広場は、なにか外国の郊外のように広い道路が、小雨に濡れて光りながら弧を描いて茂みのなかに消えている。人家一つない暢《の》びやかな山野の風景である。広大な団地が展《ひら》けているはずで、タクシー乗場には車が並んでいるが、建物らしいものは眼路の限りはいってこない。

十分ほど車が走ると高層の団地が見えて来た。とっつきの一号棟一階の一号室がわたしの訪ねる部屋であった。

子供たちもいっそ離婚した方がいい、というし、細君の方ももちろん何度となくそのことは考えた。まだ長男一人のとき「流氓」の女性とのことが起ったとき、別れるつもりになった。ところがそのときすでに次男を身籠っていて駄目になってしまった。帰国しても洲之内徹は次々と女をつくった。引揚者の不如意な暮しのなかで三男が生れて、いよいよ離婚はむずかしくなった。

上京した彼からの呼び寄せを待っていたがいつまでも呼び寄せてはくれないので、舅のすすめもあって子供たちをつれて上京した。

大森のアパートである朝早くドアをノックされて洲之内徹が扉をあけると、小さい庭に男の子三人を一列に並ばせて、細君がにこにこ笑って立っていた。

自分一人の生計のめどもたたないところへいっきょに四人の家族が上京したのだから、それからが大変だった。四畳半一間に同居することはできないので、川崎の方の知人の家に部屋を借りて妻子は別居ということになった。このとき以来、彼は別居という形を絶対に守りつづけた。

妻子は何度か転々と住居を替え、彼のところへは子供が使いになって生活費をもらいにくる。彼もその都度百円でも二百円でもポケットにあるだけのものは持たせてやるが、とにかく無収入で小説を書いている身には、どうにもならない。「殺されそうだ、ああ殺されそうだ」と思うのであった。しかし、そんなに苦しんでも彼はそれなら無収入の小説書きをやめて、とにかく妻子のために金を得る職を持とう、とはしなかった。心にもなく軍の中に身を投じた中国十年の体験で、心にもない職業を持つことの恐ろしさを彼は思い知っていたからだと思われる。

細君の方も働こうとしたが、保証人になってくれる人もいない東京ではどうにもならなかったらしい。東京暮しを諦めて、細君が三人の子供とともに京都へ行くことになった。細君からその決心を話されても、彼はやめろとも、ゆけとも言わないのだ。

「どこへ行ったっておんなじさ」

彼はいつもそうしか言わない。決定は決してしないのである。細君の方がもうそれを十分知っていた。彼は決定的な責任はとらないのだ。やめろ、おれが何とかするから、とは決して言わない。

細君は子供をつれて京都に来た。京都には彼女の弟夫婦が家を持っている。就職の保証人くらいはしてくれるだろう。しかし、京都へいってからがまた大変だった。弟の家は壬生《みぶ》にあったが、いっきょに四人の居候が増えてはどこにしても大変である。戦後の食糧難はまだつづいているころであった。いくらも経たないうちに、弟の細君との間が気まずいことになり、細君はいきなり子供たちをつれて家を出ると、親類や知人を訪ねて、ひと晩、ふた晩と泊まり歩いた。それにも限りがある。最後に松山にいたころ馴染みだった質屋の娘さんが鞍馬口の方に嫁いできて住んでいるのを思い出してそこを訪ねて行って、子供たちの学校の夏休みまでそこに厄介になっていた。

後になってから、洲之内徹はその家へゆき、昔馴染みのそこの奥さんに会って聞いたというのだが、細君と子供たちがその家を訪ねて行った夜は、もうどこへも行くところがなくなり、京都駅で夜明かししようと覚悟していたのだそうで、これは細君がその奥さんに話したのであろうが、子供たちは学校の道具を抱えたり、肩に掛けたりして、夜の町を細君について歩きながら、長男は、

「お母ちゃん、今夜行くとこあるのか」

と心配そうな顔で、下の子供は半分居眠りしながら手を引かれて歩いていたということだった。

夏休みの間に、人の世話で西大路七条のアパートに落着き、母と子供たちはそれからずうっと京都に住んでいた。子供たちは大きくなると東京の父のアパートに一室借りてもらってそこから通学した。十分とはいえないまでも洲之内徹は、生活が一応安定したころからは、故郷に残っている母にも、妻子たちにも毎月送金はつづけていた。そういうところはある意味では几帳面でさえあった。細君が若くてもう

一度人生をやり直すことが出来るならもちろん離婚した方が、お互いにさっぱりするとは考えていたが、病弱だったために一層大切にしていた三男が突然事故死してからは細君は急に病弱になってしまって、大きな手術もしたし、いまは最後まで面倒を見てやりたい、と話していた。自分が細君より早く死ぬとは彼自身は考えもしなかったはずである。

しかしいま、一介の骨片となって壺に納まってしまった彼は、本人の意志はどうともあれ、戸籍上の妻である細君のもとに帰っているのである。

よくいらして下さいました。どうぞどうぞ。

光るような美しい白髪を短く襟もとに切りそろえた彼女は、招じあげるとすぐ、徹がここにおりますから逢ってやって下さいまし。

と玄関わきの三畳の小部屋にわたしを導いた。

十字架のある壁ぎわに置かれた高机の上に、告別式の日と同じ黒リボンのかかった洲之内徹の肖像写真が、花のなかによそゆきの表情でいるのであった。

なんだ、こんなところまで来たの？

写真の彼は、よけいなことをするなよ、と言っているように見えたが、わたしは澄まして頭を下げた。こういう無力な存在になってしまった彼は、青春の日の文学友達に過ぎなくて、懐かしさばかり湧いてくる。しかしそれだけではないたくさんの疑問を抱いていて、わたしは必ずやそれを突き止めてみせるという思いがあった。

いまさらなにも表面《うわっつら》ばかりのお話をすることはありませんわね。わたしの一番不思議だと思っていることをお訊きしますけど、あなたならもう虚心に答えて下さると思うのですよ。洲之内さんにあった、あのある種の残虐性、サディズムのようなもの、いつごろから表面にでてきたものでしょう？　ほんとうにぶしつけなおたずねですけれど、よかったらお話しいただけませんか？　お断りなさってもちっともかまいませんですのよ。

一番たずねにくいことを、一番先に訊いてみよう、とわたしは決心していた。このひとをおいて、こんな失礼なことをぶしつけにたずねることのできる人はほかにいなかった。また、もしいたとしても、他のひとにたずねることは、このひとに対してあまりにも失礼になることだと思われ、考えに考えた末、覚悟を決めていた。彼の生涯で一番際だってわたしの気にかかっていたそのことを、まず突破口としてたずねることができたとしたら、後はもう何でもない。やさしいことばかりなのだ、と考えていた。

初対面ではなかったとはいえ、ずいぶんぶしつけな質問で、いっぺんに気を悪く

されても仕方がない、と思っていた。が、そのひとはうつむいてじっと膝の上の重ねた自分の手を眺めていたが、眼をあげると、
後天的なもののあるでしょうけれど、やはり、あれは生れつきのものなのじゃないでしょうか。
はっきりと、静かな眼でそう答えた。はっきりすぎる答えに、わたしは黙って彼女を見守っていた。洲之内徹が、どこかに、「私はこの女房にはかなわないな、と思うときと、頭がさがる、ときがあった」と書いていることを思い出した。結婚する前は、このひとは洲之内徹の部下の一人であったが、その有能さの点で彼はときに、敵《かな》わないな、と思ったことがあるらしいが、人間としての質の上で、このひとはときに洲之内徹が頭をさげずにはいられないものを、本質的に持っているひとではないか、とわたしはこのとき思った。人間には、才能とか能力とかとはべつに、また、学歴や教養などではどうにもできない、人間としての本質的なもの、根本的なもの、において自ずからの優劣があって、それはもう、神のつくり給うたもの、と思うほかはないような、なにかであった。
わたしにはもうなにもいうことはない気がした。洲之内徹の、ひとを、いやそれよりもまして、自分自身を一番不幸にしたその部分がいったい、いつ、どのように

して形成されたのか、それを、若い日に一番近く生きたそのひとから教えてもらいたかったのである。

もし、血のことをいうのでしたら、父ではなく、母の方の血ではないか、と思っております。後天的という意味でも……。

カトリックのあなたに、ほんとに失礼ですけれど、わたくし、クリスチャンというものが嫌いでございますのよ。徹の母方は全部クリスチャンでございます。

静かで礼儀正しい、淡白な話し方である。

徹の母方の祖父は、明治もはやくから牧師でございました。徹の母は、なぜかクリスチャンは普通の人たちより一段上等の人間だ、という錯覚を生涯抱いておりました。徹はわたくしのことを船場のいとはんだと書いております。皆さん、だからわたくしの実家を商家だと思っています。それは徹の母がそう思いたがったからそうなってしまったのです。わたくしもだからいままで一度もそれを訂正するようなことは申しませんでした。でも、それは事実ではございません。わたくしの家は仕舞家《しもたや》で、父親は、こういってはなんですけれど、当時は日本で一番と言われた弓取りでございました。奈良の女高師をはじめたくさんの学校へ弓道を教えに行っておりました。娘のわたくしも子供のころから弓と馬術はちゃんと仕込まれておりましたものです。徹の母親はなぜ商家へ嫁いで来たのか存じませんけど、徹の父が大《おお》店《だな》の主人で、祖父の教会の忠実な、それこそしもべになったからではないでしょうか。松山では名の通った大店ですけど、母はやはり商家というものを一段低く見ておりましたから、不満だったのでしょう。その分、父を徹頭徹尾、松山教会の従僕《しもべ》にしましたたね。わたくしの実家も、徹母子で商家にしてしまいました。一段階下の人間ということです。

ずいぶん意外な話であったが、たしかに洲之内徹は、長年書きつづけた「芸術新潮」「気まぐれ美術館」の「朱色幻想」という題のエッセイのなかで、「私の女房は大阪の商家生まれで、もともとはいわゆる船場のイトハンだから……」という文章を書いている。わたし自身もだからそう信じていた。

徹がまだ小さいころ、父は彼をつれて神戸の洋服屋で子供なりの背広をつくらせて着せたそうです。初めての子で賢い子だというので、家は裕福な大店でしたし、もうちゃほやして。もちろん母には、彼を商家の後つぎにするつもりはありませんでした。わがままの何でも通る育てられ方で、教会の人々にもちやほやお世辞ばかり言われて育ちました。利口な子供でしたからそういう信者たちを内心軽蔑していて、青年時代は大のクリスチャン嫌いになっておりました。

そうでしたね、キリスト教大嫌いだ、といつも言ってましたね。

「あ、そうだ、教会の匂いだ、と私は思った。私がこう書くと、そうだ、教会の匂いというものがある、と思い当る人が、読者の中にもあるかもしれない。私はもう五十年以上もその匂いを嗅いだことがなかったが、一瞬にして思い出した。あのちょっとエキゾチックな匂いは、あれは何の匂いだろう。ひょっとするとオルガンの匂いかもしれない。それはどうかわからないが、オルガンという楽器にはオルガン独得の匂いがある。なんにせよ、あの匂いは、私の幼時体験とでもいうべきものの一部かもしれない。私の生まれた家はクリスチャンで、私は物心つく前から、母につれられて教会へ行っていたらしい」

「日曜学校も教会も嫌いだった。というよりも、私の身辺のクリスチャンの世界が大嫌いだったのである。(略) なぜあんなにクリスチャンが嫌いだったかわからないが、のちに美術学校へ入ってから、私が急速にマルクス主義に傾き、プロレタリア文化運動に加わって、やがて刑務所に入るようになったりするのも、それがその時代の若者たちの心を捉えたひとつの風潮だったとはいえ、私の場合は、子供の頃からのクリスチャンの家庭に対する反感が発条《ばね》になっているかもしれない、と思ってみることがある」

『帰りたい風景――気まぐれ美術館』の「山路越えて」のなかにこのように書いている。

育てられ方にサディスティックなものの生れる素地があったとは思いますけど、生れつきの素質にも普通の人間とは違うものがあったと思っています。

と静かに話すそのひとの七十年の人生の苦悩の痕を、わたしは膝の上の静脈の浮き出たやさしい形の手の甲に眺めていた。

そうでしょうか、わたしは、中国での足かけ九年にわたる日本軍の司令部での情報活動のあいだに育っていったものじゃないか、と秘かに考えていたのですけど……ね。

一九三八年十月二十二日の朝、洲之内徹は北支派遣宣撫《せんぶ》官として伊予の高浜港を出発して行った。出発までには、上京して試験も受けなければならなかったし、その前に履歴書を書いたり、願書を書いたりという面倒な手続きがあって、相当彼を手こずらせた。というふうな雑文を「記録」という松山の仲間たちの同人雑誌の、「洲之内徹君を北支へ送る」という欄に、同人それぞれの送る言葉として、長坂一雄が書いている。「記録」の中では一番良い作品を書いていた、非常に心のやさしい、大人っぽい落着いた青年であった。彼は出発前の洲之内徹のことをこんなふうに書いている。

「わけても、志願の動機や理由を一つの書式の中へ盛るというだんになると、それが彼にはなかなかどうして、容易なことではなかったらしい。彼は身体検査の結果を一番心配していた。べつだん異状のある体ではなかったが、とても痩せていた。この夏、道後温泉で体重を計った時、僕は十二貫八百しかなかった。ところが彼の方はもっともっと軽かった。僕は平手で自分の胸をぽんぽん叩いて威張った。すると傍で扇風機にあたっていた爺さんが、人間の体は湯につかると、少しは軽くなるものですよ、と言った。その時、彼は苦笑いしていた」

彼の体重の少なさを明らさまに数字に書いていないところが、いかにも長坂一雄らしい、とわたしは懐かしくなった。長坂一雄は戦争末期に兵隊に駆りだされて、南京あたりの野戦病院で戦病死している。

「一九三〇年、東京美術学校建築科に入学。翌年、日本プロレタリア美術家同盟に加入。翌三二年、日本共産青年同盟に加盟し、検挙され退学、帰郷して日本プロレタリア文化連盟愛媛支部を結成、同時に、日本農民組合（全国会議派）の運動に参加。一九三三年検挙、起訴され、三四年末まで松山刑務所に収容された。一九三五年、同人誌『記録』の同人となり、しばらく文芸評論を書いた」

著書の末尾に「略歴」として、洲之内徹は自身でこう書いている。こういう経歴の彼が、すでに中国での戦争が全面的になっていた一九三八年に北支那方面軍嘱託(宣撫班要員)となって中国へ渡る志願書を書くためには、「わけても、志願の動機や理由を一つの書式の中へ盛るというだんになると、それが彼にはなかなかどうして、容易なことではなかったらしい」と長坂一雄が書くのもよくわかる。はじめわたしには、このときの洲之内徹の決心がよくわからなかった。長坂一雄はこの時、内心反対ではなかったろうか。しかし洲之内徹は自分の決心したことを、家族や友人の反対で思い返すような男では決してないことを、長坂一雄は十分知っていたのだ、と思う。他の同人たちも、高浜港に見送って明るく万歳を叫んだとある。長坂一雄でさえ次のように書いている。

「彼は甲板のデッキにもたれて、まぶしそうに見送りに来た人々を見下ろしていた。船が動き始めると、特高の××という人が『万歳！』と叫んだ。しばらくして僕たちも『万歳、万歳』と叫んだ。船が沖へ出て小さくなるまで、彼のお父さんは桟橋の端に立って帽子を振っていた」

ここにも特高の刑事が来ているのである。なるほど、とわたしにも少し事情がわかって来た。洲之内徹を送る文章のなかでもやはり長坂一雄のものが一番すぐれている。特高の来ていることに触れているのも彼だけで、他の同人たちは「すっかり白紙でやるんだな」とはげましたり、何となく心愉しくなった、と書いたりしている。記念写真を見て「この徹君の不敵な微笑の奥にあるものこそ、私たちを新しい方向へと導いてゆくものなのだ。今私たちには理屈でなしに方向が展けつつあるように思われる。文学活動の上から言っても、事変勃発以来私たちは急変する社会状勢の中で〝拠りどころ〟を失ってしまい、自己を失ってしまうような状態におかれた。この萎縮した状態から抜け出て、新しい活動分野を開拓して行くことは私たちの過去と完全に絶縁することである」というふうな書きぶりであった。正直に言ってこういうことであったかも知れない。出獄後は必ず保護観察処分のような状態に置かれて、いつも特高の視野の中でしか泳げなかった彼が、業を煮やして、ひと思いに、軍部のなかに身を置くことで逆にある種の、限られた自由を得るということもあり得たのである。当時は、そういうケースが他にもたくさんあったのであろう、とわたしも考えるようになった。長坂一雄も何度か検挙されたことのある男だったらしいが、彼は決してこういう方法はとらなかった。長坂一雄と洲之内徹は、ともにわたしの文学友達であったが、人間としての気質は殆ど正反対と言っていいほどちがっていた。

軍部という巨大な組織の真中に身を投じて、果して自由があっただろうか。洲之内徹自身、十分わかっていたはずだと思う。一九三八年、昭和十三年秋、北支那の戦場に、われから進んで身を投じた彼は、昭和二十年の八月、日本の敗戦まで、巨大なその組織のなかからはみだすことも、脱出することもしなかった。逆に、彼は、自身が軍にとって必要な権力を持つ、小なりとはいえ一つの組織の重要な中枢にまでなっていたのであった。「洲之内公館」という機関の彼は長であった。

後に鎌倉近代美術館館長となり、終生洲之内徹とは親交のあった美術評論家の土方定一氏が、昭和十八年に太原の双塔寺という寺院の美術調査に太原へ来たときのことを、「海老原喜之助『ポアソニエール』」（『絵のなかの散歩』所収）という文章のなかに、彼は次のように書いている。

「やはり昭和十八年頃だと思うが、同盟通信の太原支局長だった小森武氏が、ある日、土方定一氏をつれて、私の公館を訪ねてきた。その前日、私は町に一軒の古本屋で、こんな土地には珍しいインテリ風の人物を見かけて何者だろうと思ったのだが、小森さんに紹介された土方氏が昨日のその人物であった。当時、土方さんは北京の興亜院の嘱託か何かをしていたはずで、太原へは双塔寺という寺の調査に来たということで、その案内を頼みに、小森さんが氏といっしょに私のところへ来たのだった。

別に私が案内するまでもない。通称双塔寺というその寺の、一つは唐、一つは宋時代という二つの塔は、太原の城壁の上からすぐ近くに見えている。ただ、どれ程の距離でもないそこまでの途中が、護衛なしの小人数では絶対安全とは言い難い。そこをどうしたらよいか、小森さんの案内というのは、その相談であった。

万全を期するなら、警備隊から兵隊を出してもらえばよいが、それも大袈裟だ。手続も面倒臭い。そこで、翌日、私は自分の家で飼っていたシェパードを一頭つれ、二十連発のモーゼル拳銃を尻にぶらさげて二人のお供をして行ったが、十八年頃の太原というのはそういうところであった。

昭和十八年といえば、現地軍が『十八春太行作戦』『十八夏太行作戦』というふうに、続けざまに、太行山脈の共産軍の根拠地に対する、いわゆる燼滅《じんめつ》作戦を強行していた年で、共産軍が日本軍の『三光《サンゴワン》政策――殺光《シャアゴワン》、焼光《ショウゴワン》、滅光《ミエゴワン》（殺し尽し、焼き尽し、滅ぼし尽す）』と呼んだ作戦であるが、その作戦のための作戦資料を作るのも私の任務のひとつで、それは憂鬱とも何とも言いようのない、厭な仕事であった。

厭な仕事だったが、厭だと思いながら、私はそれをやった。ということは、つまり、私は抵抗などはしなかった。同時に、私は、いわゆる便乗もできなかった。なんとかしてこの戦争の意味を是認し、自分の心の負い目を軽くしようと思って、私はローゼンベルクの『二十世紀の神話』や、ハウスホーファーの『地政学』などを、まるで特効薬を試してみるように読んでみたりもした。昔は私の神様だった小林秀雄の、『近代の超剋』という座談会の本を見つけて飛びついたこともあったが、得るところは何もなかった」

「洲之内公館」について田村泰次郎氏は次のような文章を書いている。

「洲之内徹と、私とは、かつて北支那の同じ戦線で生きていた。彼は私たちの兵団の上級司令部である第一軍司令部の佐官待遇の軍属であり、対共調査班の班長であった。第一軍司令部のあった山西省太原で、司令部の営外の、街のなかに公館を持ち、主として元中共兵の俘虜である班員たちと一しょに、そこで起居していた。

私たちの兵団司令部のあった楡次は、太原に近い。私には、軍司令部のある太原へ公用出張をするたびに、街なかの洲之内公館へ立ち寄ることが、たのしみであった。そこには、恐らく当時の日本の内地では、すでに圧しつぶされてしまっていたにちがいない、知的で、自由な空気があふれていた。最前線でありながら、そして、その最前線のなかでの後方という場所にしかゆるされない、颱風の眼のような、緊張と、それとはまったく反対の、投げやりともいうべき倦怠との、奇妙なバランスにささえられた、静かで、おだやかな雰囲気があった。戦場特有の、物理的であると同時に、心理的でもあるそのメカニズムを慧敏に見抜いて、意識的にそういう雰囲気を、洲之内公館に醸しだしていたのは、洲之内徹自身であり、彼の人柄であった」

また大宅壮一氏も北支へ講演旅行した途中洲之内公館で、東京ではもうまったく姿を消した、香りたかいほんものの珈琲を出されて驚いたことをどこかに書いていたのを記憶している。

洲之内公館の大門の脇にある大きな客庁《コオティン》（客間）には、土地の新聞記者や小学校の教員など、この町では知識分子と呼ばれる青年たちが集るようになっていた。洲之内公館（調査所）の仕事の性質や、軍部のなかにいたいままでの洲之内徹の身分の関係もあって、警察や憲兵隊に直接立ちいられる心配はなかったので、青年たちは、ここではずいぶん思いきった議論などもやっているらしく、それがこの客間の魅力にもなっていた。

洲之内徹はまた、軍人たちが要求するだけのものを黙って果すと、あとは彼自身のひそかな生活の中へひっこんで暮した。町の楽器店で古典物のレコードを買い揃えたり、本屋を廻って新刊書を集めたりした。本物の洋酒や匂いのいい珈琲を飲み、クラシックの音楽を聴いて過した。いつわりの、かりそめの、脆いものだと承知していながら、そういう生活に執着した。

最前線でありながら、そのような穏やかで静かで、知的で自由な空気に包まれている生活というようなものは、彼が十分承知していたようにあくまでかりそめのものでしかなかった。

洲之内徹の妻であり、その公館にともに生活していたそのひとに、わたしは自分の取材用のノートに、公館の建物の配置を描いてもらった。なお、これはわたしが中国の友人に教えてもらったことでもあるが、その建物は、山西省の貢院であった建物らしいということであった。

貢院とは、科挙の試験の最下級の試験、つまり「郷試」の試験場として建てられたものである。まず中国固有の黄土色の土塀があって、さらにその内側に二重に日乾し煉瓦の塀がある。土塀と煉瓦塀の大門には、来訪者のための環がついている。その中に院子《ユインズ》（中庭）をはさんで独立した建物が四棟ほどあった。大きな建物が二棟、相対していて、一方は広い客庁と居間があり、正面奥の建物が事務所になっていた。公館の主人である彼の執務室もそこにあった。十人ばかりの男たちがそこで仕事をしていたが、ボーイや雑役の老人も中国人で、他は八路軍とか国民党軍の捕虜になった者たちで、銃殺されるところを、洲之内徹がもらい受けてきて部下にした者たちであった。別の棟は燃料、食料、その他の倉庫であったり、使用人たちの住居にあてられている。

そこでじっさいに営まれていた生活は、洲之内徹自身が「棗の木の下」にくわしく描出している通りであったろう。

軍からは、毎日たくさんの書類が送られて来たが、そのすべてに㊙の印が捺してあった。一方、またおびただしい用済みの書類は屑紙として捨てられる。

その屑紙のことでなんとも言いようのない嫌な思い出がございますのよ。ある寒い日の夕方、徹の留守に憲兵が二人ずかずかはいってきましてね。ボーイの中国人を出せ、特別警備隊へ連行する、というのです。徹が留守なので、ボーイは渡せない、とわたくしが断りましたの。罪状は明らかだからどうしてもすぐ連行する、と申します。肩章を見ると少尉と軍曹でした。わたくし、ほっとしましてね。ちょうどそのとき事務所に司令部の中尉が来ていたんです。わたくしは中尉にボーイをたすけて下さいって頼んだんです。軍というところは一階級上だと、それはもう全然ちがうんですから。ところが、憲兵ときいて、中尉がだめだ、というのです。一階級上でも、憲兵には通用しないというのです。憲兵じゃ、だめだ、って。ボーイは冷たいみぞれのなかを裸足で連行されてゆきました。ボーイの実家は街の肉屋だったんです。公館の㊙の印のある屑紙をもったいないと思ってボーイが持って帰って、肉を包んでお客に渡していたんですわ。……そんなことのあったあとのある朝のことです。徹もわたくしも中庭に出ていましたとき、わたくしがふと思いついて、庭に穴を掘って、紙屑はそこで焼却することにしたらいいでしょう。またあんなことが起っても困るから、と申しましたの。すると徹がいきなり怒りましてね。差し出口いうなって怒鳴りざま、血相変えて事務所へはいっていったと思うとピストル持って出てきました。あっと思ったそのとき、ちょうど屑拾いの中国人の婆さんが、のこのことごみ箱のぞきながら門をはいってきたんです。その婆さんに向けてピストル射ったんです。心が凍りました。しあわせというか、なんですか、婆さんの足もとをうろちょろしていた野良犬の足にあたったんです。犬が傷ついた足をかかえるようにまんまるになってころげまわりながらきゃんきゃん啼きました。胸がつぶれるようで……わたくしはね、いまでも徹のこと好きは好きですのよ。こんなこと言ってなんですけど、なにか不思議な魅力のある男でしてね。ほんとにどうしてももう少し生きていてくれなかったのか、と残念で仕方ありません。いっしょに暮していたんだから、Sさんがどうして徹の身体のこと、もっと気をつけてやってくれなかったのか、もう少し早く病気を癒すてだてをこうじてくれなかったのか、とそれだけはいつも思いつづけています。何十年別居してはいましても、徹はわたくしにとってかけがえのない人でしたから。若い日には中国の戦線で一つの事務所で働いて、新婚時代の思い出もあれば、引揚げて来てからの子供をかかえてのどん底暮しも。とにかくわたくしにとっては、生涯ただ一人の男ですから。そのことだけは思わずにいられないのです。あんなにぼろぼろに痩せ枯れるまで入院もしないで。

……でもねえ、あの中国人の婆さんをピストルで射ったときの徹は、恐ろしいひとだ、と思いました。いつもお山の大将でなければ我慢のできない人です。他人から、それも目したと思っている者から、指図がましいことをいわれるのが我慢できないのです。まるで、駄々ッ子のようです。それはもう人に対する好き嫌いもはげしいんです。あの「棗の木の下」の八路《バーロ》軍へ奔《はし》った、向うで銃殺されたという若者、あの子に対する虐《いじ》め方だって、ほんとに見ていてつらくて。かげにまわってはわたくしが、辛抱おし、辛抱おしよ、って慰めていたのですけど、徹が知って怒りましてね、一層ひどく虐めるものですから、わたくしも知らんぷりしているより仕方なかったんです。あの子に仕事をあたえないで、いるにいられなく仕向けたのは徹なんですから……。

松山の昔からの友人たちが彼のことを「剃刀《かみそり》のスノさん」という呼び方をかげでしていたことを、わたしは最近、いろいろのところで知ることになった。そういう洲之内徹の顔を、わたしもまったく知らないわけではない。洲之内徹はよくとおった長い鼻梁が途中で弓なりに歪んだような、外人の血がはいっているのではないか、と疑わせるような、いくぶんエキゾチックな風貌をしていた。彼に逢うのはいつも銀座裏の画廊であった。夕方にならないと出て来ない彼を複数の、しかもいろいろの職業の、いろいろの関係の客が入り混って待っていた。わたしのように出版社の編集の人とほんの通りすがりに立ち寄って、ちょっと彼と話したり、絵を観るだけの単純な目的しか持たない客から、商売の上の客や、絵描きや、さまざまであったから、その一人一人に向ける顔を彼はたくさん使い分けなければならない。だから、何かの折、あっと思うような表情を自分にではなく他の客へ向けての顔を、彼の上に見る折もあった。不断は柔和で、少し羞《はにか》んだような温和な眼差しが、極く稀に冷淡な、ときには残忍な心地のする表情を見せることがなくもなかった。何度もそんな彼を見ているわけではない。しかし唯一度見ただけでも、忘れることができないような強烈な印象であった。

わたしはそのことにはもう触れず、机の傍に、そのひとが用意しておいてくれた昔のアルバムの一つをとりあげた。

結婚式の写真や披露宴での初々しい洲之内夫婦の写真があった。初めての子供を抱いている若い父親の彼もいた。そこに一枚、北京でたくさん枝分れした裸木にもたれるようにして立っている支那服の彼がいた。若くてなかなかの男前であったが、妙に冷たく酷薄に見える顔をしている。

先日ね、わたし『三光』という本を借り出して読もうとしたんですけどね、どうしても読めなかったんですよ。その本を手にするのは二度目でした。前も読めなかったけど、今回は資料として、なにがなんでも読まなければと思ったのですけど、どうしても生理的に、眼が受けつけてくれないんですね、ほんとに困りました。とわたしはそんな話をした。

その本は出版当時、ベストセラーになった。太行山脈のなかの中共軍の掃討作戦に従事し、敗戦後、戦犯として中国に捕われて獄中にいた日本軍の将校や兵たちのなかの一部有志が、自分たちの戦場で犯した残虐行為の反省をして、部隊名も実名も明記して書いた手記を集めたものである。巻頭には数葉の残虐行為の現場の写真が載っている。捕虜の中国兵を切っている集団、個人的に、自分で切った捕虜の首を片手に、血刀を持ったまま得意満面に笑っている将校や下士官もいた。凌辱した女を、直後に、記念に写させた兵や下士官のも数枚あった。生体実験、細菌実験の手記も、どうしても読み通せなかった。

尋常な神経では見るに堪えない、読むに堪えない残虐行為が、洲之内徹自身の手によって小説として描かれていることをわたしは思っていた。文学の名によって描かれ、そのなかのあるものは、第一章に述べたように何回か文学賞の候補作にさえあげられているのであった。――戦後の数年というのは、戦争という狂気をなお引きずりながら経過していた時代であった、と改めて思う。

それらの作品は、彼でなければ書かない、また書くことはできない作品であることは事実であり、書く、書かないは別として、彼がそのような一時期を生きたという事実は、消しようのない事実であった。わたしとの話のなかでも彼はそれを認めていた。

絵描きや、陶工や、彫刻家が、アン・ヒューマンな人間であり、そういう生き方をしたとしても、その作品であるところの、絵画や、陶磁器や、彫刻が、芸術作品としての美を、確実に示し、万人に認められるとき、その作品は、作者がアン・ヒューマンであることとは関わりなく、独立した芸術作品として万人に受け入れられる。ところが、一字一字を組み合せて意味をつくる文字によって構築される文学の場合、それは作家の頭脳の直接の営為であり、すなわち人格であった。そこに描出されているものが、あまりにもアン・ヒューマンであることは、他人に受け入れられない。それは赦されないのである。

才能にも知性にも、他人にすぐれて恵まれていながら、洲之内徹には、人間性において微量ながら、無視できない不具性があった、とわたしは考えているのである。それは、たとえば、北大路魯山人にみられたという非人間性と比較するとしたら、まったく異質の、検量計の針の振れもずっと少ないものであり、永続性の微弱な、瞬時性とも、発作的とも言える場合も多かったかも知れない。しかし永続的な点線であり、確実に相手を傷つけた。

相手だけではない。それは両刃の剣であって、彼自身をも傷つけた。彼があれほど愛好し、執着しつづけた彼の文学をさえ虐殺した。そのことにわたしは哀しみをおぼえつづけている。長坂一雄が、高見順氏の愛惜にも応えることができないまま戦病死してしまったあと、洲之内徹は青春の日からの唯一人残ったわたしの文学友達であった。

魯山人の創りだす、驚歎するばかりの陶磁器のすばらしい大皿や、個性豊かな篆《てん》刻《こく》や書画などが、彼の人格とは隔絶したところで、独立して確固とした美であり、芸術であり得た幸福に比べて、洲之内徹の文学は、彼の人格と絶縁したところでの、芸術としての美を保つことができなかった。

文学と、他の造形芸術との根本的な美の在り方のちがい、異質さを、彼は充分に認識していなかったのであろうか。

小説の怖さも苦労も知らず、ただうかうかと過していた、とそのころのことを振り返っての言葉も遺してはいるが、文学のきびしさ、怖さ、他の造形芸術との異質さ、作者の人格とのシャム双生児的在り方などを、彼ほどの人が全く錯覚していたはずはあるまい。

彼は徹底して正直であった。人並に嘘もたくさん言ってはいる。しかし、その嘘も、彼にとっては嘘をつくことによって、別の形で自分のなかの正直さを貫いているようなところがあるのだった。

『帰りたい風景——気まぐれ美術館』のなかの、「凝視と放心」のなかに、彼は次のような告白をしている。

「人間とか生存とかいっても、私のように、もっぱら経験的、日常的な思考しか持ち合わせない者は自分のことで考えるほかないが、私には、妻のことで自分を赦せないと思うひとつの記憶がある。戦後二年目か三年目、私が外地から引揚げてきて、四国の松山で古本屋などしていた頃だ。

商売はうまく行っていなかった。ちいさな子供が三人いて、配給だけでは足りないのだが、引揚者の私たちには米に換える物もなかった。食うだけが精一杯で着るものまではとても手がまわらず、妻も子供たちもひどい恰好をしていた。

それでいて、私には女がいるのだった。女は未亡人で、市から私鉄で二つ目の駅の、村からも外れた田圃の中の家にひとりで住んでいた。私は夜はたいていそちらにいて、朝になると帰ってきて店をあけるのだったが、帰りそびれるともう帰る気がなくなり、帰らなければならないとわかっていながら、いち日女の家にいてしまうということになる。そういうある日、何かのっぴきならぬ用ができたのか、それとも、もうどうにもじっとしていられなくなったかして、とにかく、妻が不意に、女の家へ私を迎えに来たのだった。

私は妻と一緒に女の家を出て、どちらも気まずい思いで黙りこみながら、野中の道を村の駅まで歩いて行ったが、道の片側を溢れるような小川の流れが洗っているところを通っていると、川縁の草の上に、まだ真新しい子供の下駄が一足ぬいであった。妻の眼も同時にそれを見つけた。

『あら、下駄』と言って妻が立ち止った。『捨ててあるのかしら』

捨ててあるのでないことは妻にもわかっている。たぶん、その辺の農家の子供がそこへ下駄をぬいで川に入り、水遊びをしながら遠くへ行ってしまうか、忘れて帰ってしまうかしたのだろう。しかし、妻は捨ててあると思いたがっていた。捨ててあるのなら家の子供に持って行ってやってもいいのだ。しばらく躊らってから、妻はその下駄を拾って歩きだした。

だが、駅へ行って汽車を待つあいだ、私がベンチに腰を降ろし、すこし離れて妻が改札口の柵にもたれて立っていると、そこへ農家のかみさんらしい女が駈けこんできて、ひどい剣幕で妻を罵り、恥のために立竦んだ妻の手からその下駄を奪い返して、出て行った。

殆どあッという間の短い時間の出来事ではあったが、それを私は、ベンチに腰を降ろしたまま、黙って見ていたのだ。というよりも、一瞬、私は目をそらしたような気さえする。その私を、私は赦すことができない。

しかし、あれが私なのである。しかも、あのときだけでなく、いつも私はそうなのだ。昔からそうだったし、いまもきっとそうだ。咄嗟の間にはそうなるにきまっている。私はいつもあのときの私と変らない。それが私にはよくわかっている。人間というものはなどと大きなことを言う気はないが、躰じゅうそういう記憶でいっぱい詰っている私というこの人間は、もうどうしようもないのである」

洲之内徹の生涯は、この「どうしようもない」と観念して流されてゆくままというところで成り立っていた。「もうどうしようもない」ところで、彼は文学にはずるずると敗れてゆき、恋愛では性懲りもなく何人もの女たちに罪を重ねていった。

それは、すべての人間、すべての男たちに絶対ないものとは言わせない、これが、神のつくった人間のほんとうの姿なのだと開き直った覚悟などというものではさらさらなく、自分を恣意に流してゆく言いわけのように「もうどうしようもない」と観念している。そこがわたしには狡いと思われてならない。男同士だったら、甘ったれるな、と言っただろう。

誰だってみんな「もうどうしようもない」のだ。みんなが自分のそれを引きずりながら生きているのだ。洲之内徹のように恣意に流されてばかりゆくことは許されない、自分で自分にそれが赦せないからこそ、みんな四苦八苦しながらも生きているのではないか。

神はいったい彼をどのように赦し、どのように罰せられたというのか。わたしはそれが知りたいと思う。神などというと、洲之内徹のひんしゅくを買うだろうが、わたしには神はなぜか、洲之内徹という狡い男を深く愛しつづけられたように思われてならないからである。

四国の旧友たちが「剃刀のスノさん」と密かに呼んだ彼のある酷薄な一面を、東京の友人や周りの人々の殆どが、何かの形で知っていた。しかし、神は、絵画という無限の美を、救いの手として彼に向ってさしのべている。

「洲之内さんという絶対の信頼をおいていた眼を失って、どうしていいかわからなくなり、もう絵は描けないな、と思ったりしましたが、気をとり直してやっと描きはじめています」

地球の裏がわから、そんな手紙をわたしにくれた若い絵描きもある。

「あの洲之内先生の眼を、なんとか自分のなかに記憶しつづけてゆくことができるならば、まがりなりにも描きつづけてゆくことができるのではないか、と今日も自分に言いきかせております」

という手紙をヨーロッパのある街からよこした女の絵描きもある。

「気まぐれ美術館の原稿の締切りがもうすぎていて、今夜これから帰って書くのだ、といっているもう十二時すぎというところへ、ある絵描きがどさっとたくさんのスケッチをもちこんできたんですよ。倒れる少し前で、洲之内さんは、痩せさらばえていてね。横腹が痛いとか、背中が痛いとか言いながら、洲之内さんが、それを全部観てやるんですからね。ざっとじゃないんですよ、絵のうまさなら一眼観て、あの人にはわかってますよ。それが一枚を何分もかけて見てやるんですからね。いい加減でやめたらと思うけど、最後の一枚まで観るんです。終ったら明け方の三時ごろでしたよ」

「絵の上手下手なら、あのひとには一眼観ればわかりますよ。だけど、この絵描きが、これだけ懸命に描いてきたからには、彼の描きたいなにかがあるのだろう、とじっくり観てくれる。あんなに絵に対してやさしい人は、あんなに絵の心を観てくれる人は、そりゃあもう、絵描きにとっては、たまんないですよね」

　こんなふうにわたしに話してくれた若い絵描きたちがいる。わたしには絵の美しさは自分流にしかわからないが、絵というもののなかでの洲之内徹という人は、この人たちの言葉からいささかわかる心地がする。少なくとも小林秀雄が「洲之内徹くらいのものだ、いまほんとうに絵のわかる人間は」と言ったとかいう有名になってしまった伝説よりも、この人たちの言葉の方が、わたしにはよくわかる。信じられるのである。

　では、もう一つの、女に対しては、洲之内徹はどうだったんでしょう、と男たちばかり集っているときに、わたしは訊いてみたことがある。

やっぱりけっこう魅力のある男だったんじゃないですか……。そう答えて笑った者もいる。

いいや、女に対しては残忍なところがあったと思うなァ、――そんな言葉も出るのであった。女は、絵のように永遠に不変の美を保たないからでしょうか、とわたしは言ったりした。

洲之内徹小説全集の第一巻『流氓』の月報に著者あいさつ、として彼は書いている。

「いつか大原富枝さんが私をからかって、『洲之内さんはいつのまにか小説を書くことをやめてしまったが、小説の世界に生きるよりも実人生を生きることが、より小説的に豊富になってしまったからだろうと思う。あまりにロマンスが豊富であっては、小説は書けないというのが、私の洲之内徹における一つの発見なのである』と書いた。ロマンス云々は大原さんの冗談だ。ただ、小説を書けなくなったのだけは事実である」

わたしがこれを書いたのは、洲之内徹コレクションとして、死後、仙台の宮城県立美術館に収められた彼の集めていた作品が、最初に、ひとまとめに展示された松山の愛媛新聞社での催しのパンフレットであった。土方定一氏も何か書いていたという記憶がある。「洲之内徹コレクション」ではなくて、もっとなにか仰々しい名前を新聞社がつけて、それを彼が嫌がっていた記憶がある。

わたしは冗談のかげにかくれて本音を書いたわけで、ほんとうにそう思っていた。そのころ彼はわたしの眼に本気と見える恋愛をしていた。『帰りたい風景——気まぐれ美術館』の「続　海辺の墓」のなかに、志賀直哉が生前に自分の骨壺を有名な陶工につくってもらった話をしていた誰かが、しかし新潟では骨壺は使わず、墓穴の中へいきなり骨をあけてしまうのだという話をしたと、書いている。

「その話を聞いたとき、私は心中ひそかに狼狽した。というのは、それは私が『気まぐれ美術館』の連載を始めたいまから四年前のことだが、その頃、私はひとりの新潟の女性と恋愛をしていて、出湯の私の山小屋のほとりに、私とその人との、ふたり一緒の小さな墓を作ることを空想していたからである。こう書いてきて、いまふと気がついたが、私の空想の発端はあの松井須磨子の墓だったかもしれない。島村抱月と私とではだいぶちがうが、それはそれとして、その女性との恋愛の始った最初の瞬間から、私は不思議と未来のことは何ひとつ思わず、その人と一緒に死ねたらとだけ思った。

そういうことにならなかったのは、『あなたって、どうしてこんなに恋しいの』と手紙に書いてきたりした彼女が、一年半ほど経ったある日、突然また、『あたし、なんだかしんとしてしまったのよ、煮え立ったお鍋に水を注したときのように、急にしんとしてしまったのよ』と言ってきたからであった。つまり私は一旦振られたわけだが、振られながら、自分の心の状態をこんなに正確に、しかもなんのためらいもなく言ってくる彼女に、更めて感心してしまうのであった」

洲之内徹は相手の女性がもし先に死んだら相手は人妻だったから当然その家の墓地に葬られるわけだが、そのときは何とか人にたのんででも小指の骨ひとつでも奪って来て、と考えている。なのに、その地方の習慣で、骨はじかに墓地の土にザァッとあけられてしまう、それではどれが彼女の骨かわからなくなる、と思って狼狽した、と書いているのである。

洲之内徹はいわば「恋多き男」であった。死後も、読者であった女たちは殆どが彼を賞め、尊敬している。ひどい目に逢ったことのない女たちは（あるいはひどい目にあった女たちも、かもしれない）みんながみんな彼に惹かれている。そういう魅力のある男であったことは打消しようもない事実であろう。しかし、「恋多き」は女の勲章にはなり得ても、男の勲章にはなり得まいとわたしは考えている。洲之内徹には、なにか歯止めのきかない、女に対してのだらしのなさ、があったと考えている。わたしは、だから冗談ではなく、彼の集めた絵の展覧会のパンフレットにあのような文章を書いたのであった。文学もまた、ハングリー精神、つまり内面からの飽くなき渇きなしには、こんな辛気くさいつらい仕事が、長くつづけられようはずはないではないか。

彼の生涯は、彼自身が何度となく文章にも書き、口にもしていたように、「どうしようもない」ことに流されてゆくところで成り立っていた。前にも書いているように、その「どうしようもない」ところで彼は、文学からはずるずると退いてゆき、恋愛では何人かの女たちに罪を重ねていった。しかし、ここに絵というものが在った。相手が絵という、女によく似て美しく個性に充ちて存在するもの﹅﹅である場合、彼のこの「どうしようもなく」恣意に流されてゆくところで、何のさし障りもなく、長い蜜月がつづくのであった。相手は無限の個性と美を持っていて、一つの美から他の個性へ、またもうひとつの美へ、流浪し彷徨してゆくことに、何の罪悪も伴なわないのである。

それにしても、恋愛の最初の瞬間から、「その人と一緒に死ねたらとだけ」思うというのは、めったに出会うことのできる相手ではない。わたしが彼のロマンスの女たちのなかでぜひ一度逢ってみたいと思ったのはまずこの女性であったが、逢えるはずもない、と初めから諦めた。洲之内徹は「つまり私は一旦振られたわけだが」と書いて、一旦と断ってある通り、決して振られっ放しだったわけではなく、その後いろいろのいきさつがあったのだろうが、要するに彼は、例の「どうしようもない」恣意の結果、この女性をも大層深く傷つけて別離を迎えているのである。彼が書いている柏木弘子という名前はもちろん仮名である。しかし、彼の数多くの恋愛の相手の中で、この人だけは別格に本気であった、とわたしは見ている。長年別居はしていても、戸籍上では妻である人に、「今度ばかりは土下座して離婚してくれ」と頼むつもりであった、と話したことがある。一時にしろ、人妻であるそのひとを奪って結婚する気持になっていた。

このひととの恋愛は、先方が東京に出てくることもときどきはあったようだが、主として彼が仕事を兼ねてではあるが、新潟に出かけている。新潟には彼が思いもかけず他人から譲られた山小屋があった。『絵のなかの散歩』のなかに収録されている「中村彝と林倭衛」のなかに次のような文章を彼は書いている。

「先日のＪＡＡ（日本美術品競売会社）のオークションで、中村彝《つね》の八号の婦人像が千八百万円で売れたそうである。『そうである』というのはおかしいので、私もその会場にいて、絵も見ているのだが、落札のときに気がつかなかった。ところが、つい二、三日前、店にきたお客が私にその話をして、

『君のところにも、昔、たしか彝があったなあ、いまあれ持ってれば大したもんだぜ』

と言った。

あるともないとも言わなかったが、あるのはいまもある。それも名品だ。明治四十一年作の八号の自画像で、勘定すると中村彝二十歳の年である。現存する彝の自画像の中では最も古いものだろう。十二、三年前、田園調布のほうのある家から買ったので、買ったとき二十万円だった。それを画廊に掛けておいたら、鎌倉近代美術館の土方さんが美術館で買うと言い、私は売らないと言って、土方さんを怒らせてしまった。以来、この絵は家へ持って帰って、画廊へは置いたことがない。

その晩、家へ帰ると、私は久し振りにその絵をとり出して見た。とり出すというと、倉からでも出してくるみたいだが、実は毎晩、この絵と鼻を突き合せて寝ている。ただ、部屋が狭いので（四畳半に押入と小さい台所だけである――大原註）、いつもは絵の箱の並んだ上に、布団が畳んで置いてある。絵を出そうと思うと布団を除けなければならないし、布団を敷いてからでは、絵を出しても置き場がないので、すぐ

近所にいながら、なかなかお目に掛る機会がないのであるが、その晩は敢えて、布団を置いたまま、その下から絵の入った箱を引き抜いた。部屋の中の、絵を掛けられる唯一の壁面には、既に林倭衛《しずえ》の少女像が掛っている。箱から出した絵は、テレビに立てかけて、眺めた。

『――これが千八百万円か』

と思ったが、すこしも実感がない。千八百万円などという金を、持ったことも、見たことも、使ったこともないからである。

『――千八百万円あれば、新潟の山の中へ、ちいさな小屋を建てることぐらいはできるのかな』

すこしでも実感を湧かせようとして、私は想像してみた。二、三年前から、私はなんとなく、年をとって躰が自分の自由にならなくなったら、新潟の出湯《でゆ》あたりの山の中へ小屋を建てて、雪に埋もれて死んでやろうと思うようになっている」

洲之内徹は新潟を愛した。

「私の新潟好きには、佐藤哲三の影響が大いにある。佐藤哲三のように作家の魂と風土とが美しく結び合っている例を、私は他に思い出せない。そして、その佐藤哲三の名作『みぞれ』や『寒い日』などが、いわばアプリオリに私の心の中にあるのかも知れない。だが、そうとばかりもいえない。そのとき（佐藤哲三の遺作展を彼の画廊でやったとき――大原註）会った哲三の古い友人たち、新発田の田部直枝氏、水原公民館長の荒木さん、出湯の石水亭の主人の二瓶《にへい》さん、その他のあの人やこの人から、私は一種新鮮な感銘を受けた。私の郷里の松山の人間とはどこか、しかしはっきり違う。なんといったらいいか、この人たちは会っていても、それぞれに、正真正銘のその人という感じで、いうならば存在感が実に明確だ。おためごかしの曖昧さみたいなものがすこしもなく、しかもみんなはにかみ屋である。気風というのか肌合いというのか、新潟の人たちのその感じに、私はいちどで参ってしまった。できるものなら、こういう人たちの傍で暮らしたい」

この文章の載った本が発売になって間もなく、出湯に近い水原町のお医者さんで面識のある人から洲之内徹に葉書が届いた。

――びっくりしたのは出湯あたりの山の雪に埋もれてというところでありました。この二十年間に、春四月―五月に雪どけの山の八合目あたりで亡くなっている方、どこの方とも判らぬ方のなきがらがみつかり、私が検死をするのですが、四、五にとどまりません。なんとなく旅の方にはあの山が安らかに見えるのでしょうか。その方々は山の墓地にうめられています。七月になるとひどくひぐらしが鳴きます。

人間の思うことは似たり寄ったりなのだなと思うが、洲之内徹はさらに二日ほどしてこんどはまったく未知の女性から突然「本を読んでとても面白かった、失礼かもしれないが、二十年ほど前自分が出湯の山の中に建てた家が、使わないでそのままになっている、それをあげましょう」という電話を受けるのである。

「こんどは、私はほんとうにびっくりした。失礼でなんかあろうはずがない。私はもう二十年以上も四畳半一間のアパートの独り暮しで、自分の家というものがない。田舎の家を売り払って東京に出てきてしまってからは、文字通り三界に家なしで、その私に、たとえどんな家だろうと、家を一軒やろうというのだから、こんな有難い話はないのである。だが、なにぶんあまりにも突然のことで、私が即座に返辞も出来ないでいると、電話は一方的に向うからの話だけになって、自分は若いとき考えていたある生き方があり、そういう家をまだ他にも建てたが、いまは俗世間の人間になってしまったので、その家は、いわば自分の青春の想出だ。あなたのような人に貰ってもらえればうれしいんですよ、と、その人は言うのであった」

新潟の出湯というところは有名なところではない。たいていの人は知らない。そこへ彼が小屋をたてたいと書いたら、そこに二十年前に家を建てた人があった、彼のその本を読み、その家をあげるという。これは並ならぬ由縁であろう。この稀有な好意を、心にもない月並な辞退などして月並なものにしてはならないだろう、と彼は有難くこれを受け、せめてお名前だけでも、と訊いたが先方は名乗らず、出湯の石水亭に頼んでおくから受け取ってくれ、という話をした。

こんな話はいまどき小説のなかにしてもリアリティのなさで信じてもらえないだろう。だから面倒でも、彼がこの山小屋を手に入れたいきさつは書いておかなければならない。

なお読者が混乱するかも知れないので、この山小屋の提供者の女性について、少し書いておくことにする。

石水亭の主人、二瓶さんの話で判った範囲のことである。その人を仮りにMさんとしておこう。山形の大地主の娘で、父親は、県政界の有力者でかつ実業家であったらしい。その父親に反抗して若いMさんは家をとび出した。家を出たMさんに父親は工場を一つくれたという。山形と新潟の県境の町にある工場であった。二十歳そこそこのMさんは工場主になったが、やがて、その町で妻子のある人と恋愛をした。二人は、深夜車をとばして出湯の石水亭へよく来るようになり、二瓶さんとも親しくなって、二瓶さんの持山の中に、例の山小屋を建てたのだという。その山小屋を、洲之内徹が貰うことになった。

Mさんという女性は、恋愛の相手と結婚して東京に暮しているというが、一度も洲之内徹の前に現れたことはない。自分の建てた山小屋をも一度も見ていないという。もちろん造った理由もわからずじまいである。いらぬおせっかいながら、わたしは小説かきの女なのでついよけいな空想をしてしまうのだが、Mさんは一時期、人間というものに絶望していたのではないだろうか。妻子あるひととの恋愛も、先ゆき希望のあるものとも思えなかったのかも知れない。山小屋は彼女の孤独な庵室として、出家、隠棲の場所として造られたのではあるまいか。

それだけの覚悟のできる女性であったから、妻子ある人が自ら身辺を整理して、正式に結婚することになったのかも知れない。これはあくまでわたしの空想である。

恋愛の最初から、ただ、このひとと一緒に死にたいとばかり思った、というその柏木さんという女性に、閉めきったまま二十年、内部の壁は湿気で腐りかけていた小屋の内装の改造を、洲之内徹は委せてしまった。なかなか気むずかしい好みの彼は、出来上ったその内装の自然な、いやみのない趣味に舌を巻くのである。

こう書くと、いかにも時間も暇もたっぷりある若い女のように思われかねないが、初めにも書いたように、人の奥さんであった。旧家の奥様であり、どうやらご大家の若夫人のようでもある。自分で車を運転して、ジーパンをはいて、いつも同じ潰れたような靴をはいている。その靴を亀の子タワシと呼んで愛用していて東京へもそういう恰好で出てくるという。

しかし、彼はこういう話も書き添えている。

「今年になってからだが、この春、柏木さんの家で祝い事があり、そのパーティが東京の帝国ホテルであった。そのとき、柏木さんの言葉を借りると『長谷川一夫さんの踊りをくださった方があって』、踊りが終ると、長谷川一夫がパーティの中へはいってきた。そして、不意に柏木さんに向って、

『さっき、あなたは拍手でなく、お辞儀をしてくださいましたね』

と言った。そう言われて、初めて、柏木さんは自分のしたことに気がついた。

『お目障りだったでしょうか。実家の母がいまでも、長谷川一夫さんでなく、長はんと申し上げて、私に話してくれます。今日のこと、母に土産にできるのがうれしくて、お礼のつもりで、たぶんそうしたんでしょう』

そう言うと、

『そう伺うのは私もうれしいことで……』

と、こんどは長谷川一夫氏が柏木さんにお辞儀をして、立去って行った。

『そのお辞儀のきれいだったこと、こんなお辞儀をなさる方にあたしのお辞儀を見

らば鬼よ」は、詩人でもある書家、会田綱雄の書の個展を現代画廊でやったとき、洲之内徹が気に入って自分用にとっておいたものである。この個展には男や女の詩人がたくさん来て賑わい、西脇順三郎が店のサイン帖に洲之内徹の顔をスケッチした。『気まぐれ美術館』の表紙の装画になっている。

山小屋に「さらば鬼よ」を架けて帰ったあとの彼女の手紙を彼は『気まぐれ美術館』のなかに書いている。

「――あなたが汁かけごはんがすきと分ってから、どういうんかしら、しきりに牛丼を思いうかべるのよ。もっとも、牛丼といってもしってる訳じゃない。食べたことも見たこともないのに、どうして牛丼がうかぶのか分んないのよ。どうしてかなあ、どうしてかなあ、と思うと気になるでしょう。ヘンでしょう。気になるわあ、気になるわあ、と思うんなら、そんなもの食っちゃえばいいのだと、とにかく勝手につくってやろうと肉屋へでかけていったの。

そのとき万松堂の前をとおり、そこへはいり、本だなのあなたにちょっとアイサツしてから、そこらのものを立ちよみなどして、どれも買わず、何か鬼の本でもないかなあと思ったけどそんなものある訳もなくて……

さらば鬼よ、っていいわねえ。言葉っていうの？　文句っていうの？　いいわねえ。あんな言葉でかかれりゃ、鬼だって花みたいなものよ。

鬼ってなあに？　鬼って鬼だと思う？

鬼って何だか分んないけど、あたし、鬼って人なんだと思うのよ。鬼って鬼じゃなくて人なんだと思うのよ。このごろ、あたしって鬼なんじゃないかなあなんて思うのよ。

そんな思いながらコーヒーのんでうちに帰ったら、牛肉なんて全然買ってきてなかった。さらば鬼よ。さらば徹よ。さらばっていい響きね。では、さらば、さらば！」

こうして書き写しながらわたしは、手紙を原稿に書き写しているときの洲之内徹の顔を想像してみないではいられない。

案外、まじめな顔をしていたかも知れないし、ひょっとしたら、肉体のどこかが疼くような、しかめっ面になっていたかも知れない。しかし、しかし、ひょっとしたら、わたしの一番きらいだったあの、なにか顔の輪郭のいまにも溶けて流れだしそうな例の顔をしていたのではないか、という気がする。女の話を聴かせるとき、洲之内徹はときどきそういう顔になった。弓のように曲った長い鼻を持つ、外人の血がはいっているのではないか、とも思わせる、なかなか個性のあるいい顔なのに、そういうときはふだんのあの羞みのかわりに卑しさのようなもののでた、ひどく次元の低い顔になった。

わたしは意地悪で、根性わるでもあったから、洲之内徹の文学をも、恋愛をも、いつも信じたいと思いながらも、心のどこか片隅で信じきれないものがあった。彼の数多い恋愛の相手の女性たちは、いったいどうして彼を信じることができたのか、といつも不思議に思った。

あるときそれを口に出すと、その席にいた男たちがいっせいに応えた言葉が次のようなものであった。

洲之内さんの肉体に捕まった女は、もう絶対ですよ。あのひとのセックスに捕まった女はこれはもう絶対に離れることはできませんね。

ああ、そう。それならわかります、とわたしはいった。

『気まぐれ美術館』のなかの、「松本竣介の風景(二)」のなかに、洲之内徹は六年間ほど準同棲生活をしたある女のことを書いている。このひとは、洲之内徹の現代画廊の初期の経営に大層功績のあった人だと聞いている。車を乗り廻してたくさんの絵を売り歩き、貧しく小さい現代画廊のために骨身を惜しまず働いた人であったようである。逢ったことはないがよく現代画廊へ出入りする人たちの口からその名が出た。Ｆさんといった。

このひとも人の奥さんであったが、秋田生れの大変美しい人であったという。洲之内徹と知りあってから、とうとう年の暮の三十日に家を出て来た。二人は大急ぎで彼女のための部屋を探し、武蔵小山に見つけた部屋にはじめの二年を暮している。そこが松本竣介の鉄橋の絵（「鉄橋近く」――大原註）の現場であった。正月の何日かにＦさんのご亭主が乗り込んで来て、唐手何段とかいうそのご亭主と、洲之内徹は否応なく対決する羽目になり、Ｆさんはとっさに流しもとの包丁を匿したということである。

唐手何段でしかもれっきとしたご亭主であるにもかかわらず、あのひょろりと小柄で痩せっぽちで、吹けばとぶような洲之内徹から、彼はみすみす妻をとり戻すことはできないで帰っていったのである。

「彼女は、何らかのかたちで私と交渉を持った女性たちのうちで、私の名前が活字になることに全く関心を示さない唯一の女性であった。彼女は自分も武蔵野美大を出た絵かきのくせに、どういうわけか、人間の精神的営為一般に対して抜き難い不信と、軽侮の念を抱いていた。しかし、そういう私も、彼女と暮した数年間は本というものを一冊も買わず、一冊も本を読まなかった。武蔵小山のアパートで私たちは三度正月を迎えたと思うが、その三度目だったかに、私は彼女に向って、『おれはお前さんを抱いてばかりいて、この二年間、他には全く何もしなかったなあ』

と、述懐した覚えがある。

いまになって、勉強ということを全くしなかったあの数年間が勿体ない気がするが、さりとて後悔もしない。（略）それに、『あたしたちは気が合うのよ』と彼女は言うのだったが、要するにその通りで、Fのような女には二度と逢うことはないだろう。しかし、静謐な詩情と緊張に溢れる『鉄橋近く』の風景の、それと同じ風景の片隅で演じられた、救いようのない愚かな私の日常を思うと、さすがの私も憮然たらざるを得なかった」

いかに秋田美人の、人の持物を奪ってまでの魅力ある女性であったにしても、数年間、本一冊も読まないで、ひたすら女を抱いていたという洲之内徹の、性に対する徹底の仕方はやはり、わたしには異常に思われた。それにしても、人間の精神的営為一般に対して抜きがたい不信と、軽侮の念を抱いていたというFさんのような女性には、まったく彼にしても、二度と逢うことはないだろう、とわたしも思う。

この秋は洲之内徹の一周忌で、現代画廊の会という集りを、甲州街道べりの窪島誠一郎氏のキッドアイラックホールで持ったとき、じつはわたしはこの女性に逢えるのではないかと、密かに胸をときめかせていたのだが、期待は空しく彼女は姿を見せなかった。逢えばわたしのような生活をしている女は、彼女の軽蔑を買うだけのことであったろうが、それでもいい、一度逢ってみたかったと残念である。

相手の女性がそういう稀有のひとであったとしても、女を抱くだけで、一冊の本も読まずに数年が過せるという洲之内徹も、これはこれで大変な男である、と思う。もともとは彼は大変な読書家であった。松山刑務所開所以来最大の読書量の記録を残してもいる。

ともかく、性の世界においての洲之内徹の技量と魅力のほどは、なみなみならぬものであることは、わたしはいろいろの折にふれて思い知らされてはいたのである。彼が肉体的関係にまで進展しなかった稀な女性であった「終りの夏」の女性について彼は、「身体を知り合わせない女なんてまるでカスミみたいなものさ、まったくナンセンスだよ」と話したことがある。

柏木さんと、彼が仮りに名づけている女性も、洲之内徹の人間にも性にも、どうにも離れがたく惹きつけられていたことは十分わかるが、洲之内徹の方も、今度ばかりは本気なのだ、とわたしは思っていた。そう思わせるだけのものが、当時の彼にはあった。

彼の死後出版された『さらば気まぐれ美術館』の「帰ってきた郵便屋」のなかに、「六十代の私の舞台は新潟だったなとも、ふと思った」と書いている。「五十代の終り頃から六十代にかけての十年余り、私の身の上に起ったことのすべての背景には新潟がある。六十歳になった頃、私はよく青春ということを言ったが、それは私の実感だった」とも書いている。「六十歳になって、私はいろいろのものがよく見えるようになり、自分の心の動きが急に自由になったような気がしたのだ。一方、肉体的に衰えはまだ感じない。そして、だからこそかもしれないが、まだまだ無分別な行動に自分を投げこみ、そこから当然起こる面倒を恐れないだけの気力もある。とすれば、これを青春と呼んで差支えないだろう」とも言い放っているのである。

生年月日が三ヵ月くらいしかちがわないわたしには、この言葉は経験的にも肯定できる。六十歳代というのは、一番仕事のできる、体力気力、そして人間としての成熟の三つが重ね合って充実している、生涯で最後の恵まれた収穫の秋であった。

洲之内徹は書いている。

「同時に、やはりその頃、『オレのような人間が自殺するんじゃないかと思うよ』という冗談を私はよく言ったが、そう言うと相手が必ず笑うので冗談になってしまうのだけれども、これも私の実感なのであった。別に、生きていられないような事情が私にあったわけではない。むしろ反対に、生きていることが実に気持のいい状態に私はあるのだった。しかし、だからこそ、どうせ死ぬなら、こういう状態のときに死ねたらと思うのだ。そういう自殺もあってもいいではないか。六十歳になってみると、自由になるのは精神だけではない。社会的にも、例えば、子供たちは曲りなりにも独立していて、彼等に対する責任から私は自由になっている。私が死んでも私の女房、つまり彼等の母親一人くらいは彼等が食わせてやれるだろう。女房にせよ子供たちにせよ、最初から彼等に対する責任を負ってきたとは到底言い難いが、それでもとにかく気は楽だ。遺産などというものはこれっぽちもないが、その代りたいした借金もないから、そういうことでトラブルの起こる心配もない。やり残した仕事への心残りというようなものも、初めから何もしていないのだからありようがない。自殺するとすればこの期をおいて他にないのであった。

とはいえ、一方では自殺するかもしれないようなことを言いながら、一方では恋もした」と、そこで柏木さんのことがでてくる。

「たそがれの国道四十九号線を走る車の尾燈の明かりを見て私が切なくなったりするのも、その女性と始終、その時刻にこの道を走ったからだ。その頃は、私は殆ど毎月新潟へ来たが、いつも柏木さんが新潟駅へ私を迎えに来て、私の泊まる出湯の石水亭まで、彼女の車で送ってくれた。新潟駅へ着くのがたいてい五時頃、車で走りだすと、夏ならまだ昼間だが、それが追々その時刻はもう暗くなりかかって、『ああだいぶ日が短くなったね』などと言ったりしたものだ。私の『絵のなかの散歩』が本になったときは、彼女と二人だけの出版記念会を石水亭でした。『絵のなかの散歩』のあとで私は〈気まぐれ美術館〉を書きだし、その連載がもう十二年目だから、あれは十二年前のことになる。（重複になるので中略――大原）私が山小屋へ泊まるようになってからは、柏木さんは夜中の三時頃まで小屋にいて、それから車を飛ばして新潟へ帰った。小屋から雪の積った山道を降りてきて、そこへ駐めておいた車に乗ろうとすると、車のドアが凍りついていて開かないというようなことがあった」

地吹雪のために道が分らなくなったり、アイスバーンになった路面で車が横すべりして、二、三回くるくるから廻りして、ガードレールにぶつかって止まるというようなこともあったらしい。それでも、翌朝の九時にはもう彼女は出湯の山小屋へやってくるのである。――

出湯から新潟の市内までは、普通でも車で一時間はかかる。家に帰りつくのは四時ごろになるはずだ。そして六時にはもう起きて朝の仕度をする。子供を学校へやり、主人を勤めに送り出すと、すぐまた山小屋へ来るのだから二時間くらいしか眠っていないのだが、洲之内徹が一週間山に滞在すれば彼女は一週間それをつづける。

連日、真夜中というよりも明け方近く家に帰って、それで主人にどう言うのだ、と彼は訊いたことがある。何も言わない、主人の方も何も言わない、ひと言でも何か言えばそのときが決定的な瞬間だとお互いに分っているからだ、と彼女は答えた。あるとき何かの話をしていて、誰かを殺してやると言って誰かがその機会を狙っていたという話になると、彼女が笑いながら「あなたを殺してやりたいと思っている人間もいるわよ」と言った。それは彼女の夫ではなくて、彼女自身のことだったろう。そういう彼女を連れて彼は四国の旅をし、足摺岬へも行ったりした。彼女も死物狂いだったが、彼も命懸けだった。

足摺岬のある高知はわたしの故郷だったので、洲之内徹は、帰ってくるとわたしに電話をかけて来て、一時間ほども延々と話し、いつもお惚《のろ》けをきかされつけているわたしも、電話切りますよ、と怒ったりした。

このときのことを文章に書いているのは、この恋が終ってしまってからずっと後のことである。さすがの彼も、すぐには書けなかったたし、話も出来なかったのだ。「命懸けになるだけの値打のある女であった。美人だったたし、それよりも何か目の覚めるような鮮かなセンスの持主だった」そこまで書いて、「しかし、柏木さんの話はもうやめよう」と書いている。

柏木さんという女性との恋の終りがどのように惨憺たるものであったかは、ここには書いてない。だから推察するより仕方がないのであるが、実名で書く場合、わたしは推察や臆測で書くことはできるだけ避けたいと考えている。そのために引用が多すぎるという非難は甘んじて受けても、彼自身の言葉によって書いてゆく決心であったが、柏木さんの場合に限ってこの態度が守り通せないのである。

生命を懸けるだけの値打ちのある女であった、と十年を経たのちにも書いている柏木さんとの、白熱した凄じい恋愛の終局のいきさつについてだけは、洲之内徹は誰にも話していないし、どこにも書きとめてはいない。

女に愛された（あるいは女を愛した）話をするのが好きであった洲之内徹が、柏木さんとの終局についての場合に限り、わたしにも、また何もかも話すほど親しかった若い絵描きたちにも、ほんの僅かなひと欠けらくらいで、ほかにはまったくといってよく話していないことは、それだけ彼が深く、重く傷ついているからであると思う。

中国生活や、引揚当時の自分の心の傷について語っている彼を見るとよくわかることだが、洲之内徹は、他者を傷つけるのと同じ程度に、自分を傷つけることについてもしたたかな男であった。傷の深さを自分でえぐって見せることもできる男であった。

そのような彼が、柏木さんの場合に限って言葉を失ったように書いていない。しゃべってもいない。なぜなのか？

洲之内徹は誰も認めるほど記憶力の勝れた人であった。柏木さんのことはまして決して忘れはしなかったであろう。どんな小さいことでも、どんな微かな気配でも、記憶に深く刻んでいたはずである。誰にも話さなかっただけに、いっそう、心の中では記憶が鮮明になっていたにちがいない。

彼の友人たちは、彼が美術エッセイの中にいかにもまことしやかに書き残している事柄のなかに、どんなにたくさんの嘘を書いているかを、よく話す。わたし自身もそれはよく知っている。しかし、わたしには、人間のつく嘘や、人間の書き残す嘘の性質、というものについての、わたしなりの考察があるのだ。そこにはその人間としてのやむを得ぬ美学や、その人間のこうあらま欲しかった願望、嘘の形でしかどうしても書き残せなかった真実、といったような、複雑な翳がある。ある切ない思いがあるのだ、と思う。わたしはそれを簡単に「嘘」だと言い棄てることができない。真実と嘘の境界が、そのように明白な形のものとは考えていない。真実は一つしかないが、嘘の形態というものは一人一人異なった形のものだと考えている。嘘の価値は、その人間の価値と比例するものかも知れない。

洲之内徹の嘘をわたしは、わたしの知っている洲之内徹という人物の価値において考えている。その彼が、嘘の形においてさえも、柏木さんとの恋愛の終局について語りも、書きもしなかったところに、彼にとっての柏木さんの占めている心の場所というものについて考えるのである。おそらく彼は、柏木さんのことは思い出すのが辛くて、思い出さないことに決めていたのであろう。もし思い出すとしても、楽しかった思い出だけに限定することに決めていたのであろう。ほんのひと欠けらではあるが、柏木さんについて書いているのは、二人の愛の燃焼のもっとも激烈であったころのことに限られているのである。

わたしの推測によれば、柏木さんとのあれほどの愛が凄惨な形で結末を迎えることになったのは、彼が「ゲンコクマメ」という愛称で愛を傾けることになる晩年の息子を懐妊した女性の存在によるのだと思う。この息子の懐妊を、柏木さんは、どのような形でか知らされたのである。真実のところは当事者だけにしかわからない。臆測で深入りすべきではないと考えている。

これだけの推測をわたしにさせるよりどころは、洲之内徹が書き残している。注意深く読んでゆけば、その事情はおのずからわかる仕組みになっているのである。たとえば「女のいない部屋」の冒頭にはつぎのように書かれている。

「ここ一ヵ月余り、私は本を一冊も読まず、毎日夜通しカセット・テープやレコードを聞いていた。夜通しといっても、気が付くと、正午を廻って午後になっていたりすることがある。どこからどこまでを一日と区切ればよいか、だんだんはっきりしなくなり、従って、一日に何時間くらい眠っているのかもはっきりしない。

こんなことができるのも（あるいは、こんなことになるのも）、この蠣殻町のこの部屋には女がいないからである。考えてみれば女は時計みたいなものだ。まあ何でもいいが、とにかく、街でレコードやテープを買って帰ってくるとき、女のいない部屋へ帰る自由と幸福とを身にしみて感じる。気が付いてみるとこの十年程、いや二十年程は、どこへ帰ってもそこは女のいる部屋であった。女がいても、テープでもレコードでも聞いてればいいじゃないか、といわれればそれはそうだが、やっぱりそうは行かない。

このひと月ほどの間にテープを六十本くらい買ったろう。丸善洋書部の井上君の探してくれていたアンプが見付かり、オーディオが聞けるようになってからは（略）レコードも買うし、そうと知って人が貸してくれたり、前に貰っていたものもあったりして（栗津則雄氏がときどき私にレコードをくれる）、それらを取換え引換え、繰返し聞くので、どうしても一日に十時間くらいは聞いていることになるのである。系統も何もない。マーラーやワグナーの交響楽、ショパンのピアノ協奏曲からビートルズ、エルヴィス・プレスリー、フランク・シナトラ、サイモン&ガーファンクル、岡林信康、三上寛、井上陽水、吉田拓郎、中島みゆき、……」

あとまだ延々とつづくのである。

「軍歌は真夜中に、酒を飲みながら一人で聞くものだということも分った。夜中に一人で軍歌を聞いて、何をやっているのかというと、私は人間の死に方について考えているのである。例えば〈歩兵の本領〉の、『大和男子《やまとおのこ》と生まれなば、散兵線の花と散れ』というようなのを聞くと、そんなふうに死ねたらさぞさっぱりしていいだろうなと思う。軍国主義だの何だの、そういうこととは関係ない。〈海行かば〉は曲も言葉も美しい。要するに死という事実をどう受取るかが人間にとっては問題なのだから、『おおぎみのへにこそ死なめ』と納得して死ねればそれでいいのだ。

中島みゆきを聞いていても、私は死のことを考える。作者には迷惑かもしれないが、私が死んだらお通夜の席で、中島みゆきのテープを流してもらいたいと思うのだ。ベートーヴェンの〈運命〉では大袈裟だし、〈海行かば〉では場違いだし、友川かずきでは浮ばれそうもないし、中島みゆきがちょうどいい。人生なんて、まあだいたいあんなものだ。彼女の〈あした天気になれ〉など私にぴったりだろう」

「倍賞千恵子の《日本の詩を歌う》というレコードはゲンロクママの母親が持っているのを、そのうちの一枚だけ私が借りてきたのだが、初め彼女のところのオーディオで三枚続きを全部聞き、終ったところで彼女が『ちょっとこれ聞いてごらんなさいよ』と言って、立ってきてそのオーディオにカセットを入れた。何だか私にも聞き憶えのある懐かしい、美しいメロディの歌が流れだした。《メリー・ウィドウ》の第二幕のアリア〈ヴィリヤの歌〉だと彼女が言った。彼女は以前、音楽雑誌の出版社にいたことがあって、音楽のことにはわりと詳しい。

『この歌をねえ』と、彼女はベランダの先の隅田川の水面に眼をやりながら言う。『月島の零歳《ゼロ》児保育園へゲンを迎えに行って、帰りのタクシーが佃大橋を渡っているとき、車のラジオでこれを聞いたのよ。まだまっ暗ではないのよ。ネオンの灯がチラチラしはじめるときなのよ。あの頃はあなたはめったに帰ってこないし、ゲンは小さいし、仕事は忙しいし、暗い気持だったのよ』

女のいる部屋はだから厄介なのだ。天来の声ともいうべきシュワルツコップの歌う〈ヴィリヤの歌〉を聞いている最中に突然、八年も前の怨み言を聞かされることになる。もっとも、そうはいってもその頃、私がその頃、私がもう一人の女のいる中野坂上の部屋に始終いたのは事実だが、しかし、彼女が子供を抱いて家へ帰り、昔の音楽雑誌社の友達に電話を掛け〈ヴィリヤの歌〉が聞きたいと言うと、その友達はすぐにレコードからダビングして、テープを速達で送ってくれた、そのテープがいま聞いているこれだ、と聞いては、私は感動しないではいられなかった。芸術とはそういうものではないだろうか」

この話を洲之内徹は音楽評論家の西村弘治氏にすると、彼女の「ネオンがチラチラ」のところで西村氏は「いやあ、《メリー・ウィドウ》ってのはまさにたそがれのウィーンなんですよ」と答えたそうで、「そうですか、こいつは話がよく出来すぎてたかな」と二人は笑った、とも書いてある。

洲之内徹の文章の引用になるとあまりにも長くなるので、私のかいつまんだ話になるが、それでも延々と書いたのは、一九八五年ごろ、つまり死の二年くらい前から彼は、こんなふうに音楽をききながら酒を飲む習慣がついていたらしく、画廊に出てくる時間がさっぱりわからなくなってしまって、そのころからわたしは殆ど彼と逢うことがなくなっていたからである。酒の飲めない彼が三晩にボトルを一本、それもウイスキーやワインをあけている。恐らく健康が損なわれはじめたのもこのころからであったろう。

それよりも二、三年か、あるいは四、五年前に書いた「今年の秋」（『人魚を見た人――気まぐれ美術館』所収）のなかに、友人の娘から彼女の大切なとっておきらしい広告マッチを、たばこをたくさんお喫いになるようですからと、彼女の染色した栞《しおり》といっしょにもらったとき、次のような文章を書いている。

「娘さんといっても今の女の子だから、私なんかよりずっと背も高いが、その人のこの幼い優しさが、私はとてもうれしかったのである。ここのところ、私は女の人のこういう素朴な優しさに触れたことがない。太宰治のどれかの小説の中に『おそろしい鬼女との摑みあいのような浮気』という言葉があるが、私も、最後には女がみんな鬼女になってしまう。男と女とは、こんな思いをしながらでなくては付合って行かれないものなのか。恥しい話だが、この夏、そういうことで私は疲労困憊した。カステラ屋のマッチを貰って、私は爽かな秋風に身を吹かれる思いだった。私には、今年の秋はそのとき来た」

以上の文章の二ヵ所と、次にもう一ヵ所ある横点を打った部分に、それらをつなぐ線上に、わたしは洲之内徹の柏木さんという女性にあたえた深い傷を、想像しているのである。もちろん横点をほどこしたのはわたしである。

鬼になったのは、柏木さんであろう。「鬼って鬼じゃなくて人なんだと思うのよ。このごろ、あたしって鬼なんじゃないかなあなんて思うのよ」と前に手紙にも書いているが、鬼にならなくて、どうして、子供も夫もある女が、あのような凄じい恋愛ができるであろうか。「彼女も死物狂いだったが私も命懸けだった。命懸けになるだけの値打のある女であった」といい、その恋愛の最初の瞬間から、不思議に未来のことは何一つ思わずそのひとと一緒に死ねたら、とただそれだけを思っていた、などと書きながら、洲之内徹は同じ時期、もう一人の女性とも（あるいは二人かもしれない）恋愛していたのである。

「羊について」（『帰りたい風景――気まぐれ美術館』所収）の冒頭には、

「今年は私は死ぬかもしれない、と私は思ったりする。するといっても、たったいま、ひょいとそう思っただけであるが、今年でなくても、ここ五、六年のうちには死ぬかもしれないと、この頃思っているようである。というのは、例えば、私を好きだというひとりの女性が、私を好きだという女性がもうひとりいるといって機嫌が悪かったりすると、そんなことゴチャゴチャ言っているうちに俺はもうすぐ死んでしまうのになあ、と思うのだ」

と書いている。読まされる人間が思わず笑い出してしまうような、こういう自己中心的な、身勝手なところが彼にはある。紙屑の始末のことで細君に、「口出しするなっ」と叫んでピストルをぶっ放したときと同じ洲之内徹がここにいる。同じような身勝手なやり方をして生きた太宰治の場合をわたしは思わず思い比べてしまうのであるが、もちろん洲之内徹もピストルをぶっ放した昔とはずいぶん変っている。

　柏木さんとの恋愛を惨憺たるものにしたのは、もちろん彼の方に責任があったのであろう。あの出湯の山小屋の入口に、湧き水を筧《かけひ》で導いてきてあった水飲み場に、ある日、白い小鳥の羽毛が一面に浮いている。

　洲之内徹が、小屋の机に向って煙草を喫いながら、ベランダ越しに曇り日の杉の林の中を眺めていると、ここからはまた沢の向う側になる石仏の立っているあたりを、木の間隠れに白い横顔をちらちらさせて、素早い人影が視野を横切って行く。柏木さんが駈けてくるのであった。

　人影はいちど見えなくなり、まもなく木立の間から清水の傍へ現れた。そこで立ちどまり、清水の上に躰をかがめて、筧の水を片方の掌の窪みに受けて一口飲み、また掌を出して一口飲み、二度三度とそれを繰り返している。近くで見る彼女は黒のトックリのセーターを着ているが、その胸の下あたりにブルーとベージュと朱の縞がはいっているので、羽根の色のきれいな大きな鳥が、そこへ水を飲みに降りてきたようである。水を飲み終ると、その手を振って濡れた手の水を切りながら、小屋までの水引草の中の小径を、彼女はまた駈けてくる。というふうにそこは、平和な愛の日々には描かれている場所なのである。銘水といってもいいおいしい湧き水が流れている。

そこにその日は、まるで野鳥がいのちがけの果し合いをしたかのように、無惨にむしられた白い羽毛が一面に散らばり浮かんでいるのである。洲之内徹と親しい若い絵描きが見廻りに来てそれを発見した。不思議に思いながら上ってゆくと、山小屋の入口や、ベランダや窓に、殺された野鳥がぐんなりと長い首を垂れて吊るされている。凄じい光景であった。殺された野鳥をそこに吊るしているのは人ではなくて鬼であったろう。長い首をぐんにゃりと嘴《くちばし》に血をにじませて、青白い厚い下瞼を、(人間とは反対に鳥は下瞼を上にひきあげて瞑目するのである)閉じて、吊りさがっている死体は、鳥ではなくて人であったろう。人間の女であったろう。いや、柏木さん、そのひとであったろう。

それを最初に発見したのが柏木さんが希望したように洲之内徹でなかったのは、すでに柏木さんとの凄じい恋が、無惨な最期を遂げていたからであった。彼はもう山小屋には近づかなくなっている。

彼がこの恋愛にとどめを刺した裏切りの決定的な瞬間が、どのようなものであったのか、もちろんわたしは知ろうはずがない。女との話をぬけぬけとするのが好きだった彼がこの決定的な瞬間は、若い絵描きたちにも話していないらしいし、あんなに長電話をかけてきていたわたしにも、ふっつりと話さなかった。「この夏、そういうことで私は疲労困憊した」といい、おそろしい鬼女との摑みあいのような浮気、と太宰治の小説の言葉をつかったりしているところを見ると、彼自身も相当の思いはしたのであろうが、彼はまた、「こんな私はもうどうしようもないのだ」と思っていたのにちがいない。

中野坂上のひと、とわたしが呼んでいるもう一人の女性は、乳癌になり手術をする不幸に見舞われて、洲之内徹との間に裁判沙汰が起っている。くわしい事情を知らないわたしの口をはさむ事柄ではないが、裁判という不粋ななりゆきは、やはり洲之内徹の不徳というよりも、無情の結果であったにちがいない。惚れた男を訴訟するということが、女にとってどんなに深い哀しみであったことか、洲之内徹がそれをわかってやったとは思えない。結局、和解という形で解決してはいるが、彼が、いまこそ自分の青春だ、と呼んでいる華やいだ老年の一時期の、いいかえると最後の息子の生れた時期の女性関係は、他人にはうかがい知れない複雑さであったらしい。とはいえ男と女のことは、どちらに責任があるとかどちらが悪いとか、言えるものではないことは、わたしにだってわかっている。もちろん五分五分にちがいない。しかし、最後の瞬間だけは、どちらか、一方の態度だと思う。無情か有情か、やさしいか、冷酷か、そのどちらかであるのだろうと思う。いやあながちにそうとも決められない場合があるだろう。時というものが罪であったり、運命と呼んでいいものが介在することもある。ともあれ、柏木さんとの恋愛は恋愛そのものが凄じい形態のものであっただけに、その最後は凄惨眼を覆いたいほどのものになった。

洲之内徹の作品に小説全集第一巻に収録されている「流氓《りゅうぼう》」のあることは前にも触れている。この小説のなかには、そのときいっしょに暮していたはずの妻子のことが唯の一言も出てこない。この主人公の野島という男はまったく独身の男のように見える。「流氓」の女性が、洲之内徹が結婚後の女性遍歴の最初の女であるのかも知れない。

いつのころであったろうか、まだわたしの若かったころ、一九五〇年代であったろうか、何かの話のついでに、洲之内徹がわたしの友人であると知ると、中野重治夫人の原泉さんが、語気鋭く、

「洲之内徹というのは怪しからん男よ。女優さんに子供を生ませたりして、怪しからん男よ」

と言われた。わたしがたじたじとしてとっさに言葉がでないほどの勢いであった。そのときわたしが思い浮かべたのは、地方の放送劇団の女優さんのことであった。あまりにも恋多き男であったので、そういう場合決定的な女が絞りきれない。わたしは最近のことかと思ったのでわからなかったが、大陸時代のことで中野夫妻の名も出てくる「流氓」の女性のことならすぐわかるはずであった。「流氓」の女性は女優志願で原泉さんのところへ出入りしていたひとである。

この女性は、敗戦の前年か前々年あたり大陸に渡って来た人で、作品の中では太原の女学校の日本語女教師ということになっている。

中野夫妻のことを近づきの口実にして、主人公の野島に講演をたのみに来、それ以来彼の公館に入りびたりになってゆく。

　今回これを書くについて、念のため、中野重治書簡集『愛しき者へ』上、下巻や、短篇「村の家」などを改めて読み返してみて、「流氓」の女主人公が、当時の中野夫妻の生活の実態について意外に無知であるらしいことに、わたしは不審な気持を抱いた。しかし、直接関係のあることではないのでここでは触れないことにする。勝気で積極的な女性で、野島の調査所で働いているもと八路軍や抗日大学にいた中国人たちに近づいていって、あまりうまくない中国語でしきりに日本軍の悪口をいい、また彼等からあちらの話を聞きたがった。調査員たちはそんな日本の女を、中国人持ちまえの人をそらさない態度で応待しているが、しかし気心の知れない相手をいい加減にあしらっておこうとする警戒心は忘れない。野島は彼女にいう。

　あの連中からあまりしつこく話を訊こうとしてはいけないよ。あの連中がぼくのところで働いているということは、彼等としては、やはり裏切りの行為だからね。漢奸という言葉を君は知っているだろう。中国人のいちばん嫌う言葉だ。そして、ここではタブーになっている。彼等にはつらい気持があるんだよ。単に好奇心でそこへ触れるようなことはしないほうがいい。すると彼女は、好奇心だなんてと心外そうに、じゃここの人達と親しくしてはいけないんですか。とつっかかってくる。野島は激しやすい相手のきらきらする眼を見ていた。こういう女を彼は好きではなかったが、そういうときの女には、精悍な生きものの一種のなまめかしさがあった。

やがて彼女は、野島の友人のつくった晋華劇社という小さい劇団で女優になり、地方へ慰問の旅興行に出たりすることになる。南太平洋での日本軍の敗色が匿し切れなくなっているこの時期、野島の心理的立場はいよいよ追いつめられたものになっている。

「十年に近くなる軍の生活の中で、その苦痛は、次第に野島の骨の髄まで喰い込んでいた。方面軍司令部やその管下の師団司令部をあちこちと配属されて、共産軍情報を担当してきた挙句、太平洋戦争のはじまった年の暮に、野島はいまの軍司令部に配属されてきたが、その後の二年ばかりの間に、彼は、情報業務の勤務者にいちばん肝心な素質が自分に欠けていることを、痛切に思い知らされた。任務の対象についての彼の知識は次第に豊富になり、状況には通暁していて、彼の存在は軍では重視されていたが、そういう知識を基にして作戦上の結論を出す段になると、彼は臆病になり、自信を失った。情勢の緻密な分析はできたが、その対策について意見を述べることを彼はいつも躊《ためら》った。しかし、軍の情報に必要なのは、分析ではなくて結論であった。

『よし、それはわかった』

と、野島の報告を聞きながら、主任参謀は苛立ってきて、よく彼を中途で遮った。

『要するに結論はどうなんだ、先に結論を言え』

そう言われると、野島はしどろもどろになった。彼の理論的な立場からすれば、共産党が執拗に農民の間に浸透しつづけ、その農民に支持された共産軍が、次第に強大になってゆくこの情況こそ必然的であり、それに対する有効な政策などはないと言うほかなかったし、あるとしても、それは軍の基本的な方針と背馳《はいち》することはわかりきっていた」

ここに縷々《るる》と述懐されている思いは、小説のなかの述懐とはいえ、洲之内徹の生涯を別にしては考えられない重要さを含んでいる。中国大陸での、長い歳月にわたるこのような心理状況の堆積は、たしかに彼の骨がらみになっていた、とわたしは考えているのだ。

洲之内徹は、いつも過程の男であった。女の問題でもそうであって、どの女性の場合も細密で、叙情的で情操ゆたかな過程は、いつも情熱をもって彼が創りだし、構築してゆくものであった。しかし結着の責任は自ら持とうとはしなかった。結局は、だから相手の女が、ときに孤独な一人の存在に徹することにより、あるいは凄惨な鬼女になることによって、自ら結着をつけるまで、相手のきりきり舞いの苦悩や怨恨や、困惑や絶望を眺めつつ、彼は手をこまねいて、自らは指一本動かさないような態度をとりつづけた。これは、それほど密接な立場からではなしに、遠くから眺めていた、わたしの見解である。まちがっているかも知れないが、すくなくとも細君や子供たちに対してそうであった。柏木さんに対してもそうであったにちがいない、と思っている。

原泉さんが、洲之内徹は怪しからん男だ、と怒られたところも、そこのところにあるにちがいない、と思う。あのときの原泉さんの、まるでわたし自身を叱りつけるようであった語気の鋭さが、いまのわたしにはよくわかる。

この原泉さんの劇団の研究生であったというひとも、洲之内徹には何の負担もかけずに、その子供を、女手ひとつで立派に育てあげているのである。

しかし、このひとの場合にしても、恋愛の過程においては、例外ではなく女もまた共演者であった。このひとの場合は、むしろ、女の方に積極的に責任をとる覚悟のようなものが初めからあったようにも、わたしには受けとれるところがある。妻子のある男に自分から接近していったのであったし、男が、子供のできないように配慮するのを拒んでもいる。子供を欲しい、ひとりで育てるとも言っている。あらゆる場合女の方が挑戦的であったようである。小説とはいえ、相手が読むであろうことはわかっている。洲之内徹にしても正反対なことは書けなかったろう。原泉さんの方にもいささか独りのみこみの誤解があったように思われる。男と女のことは他人が、どちらが怪しからんなどとは決められないところがある。

女はいたずらっぽく笑いながら、だしぬけに男にいう。

「あたしね、八路軍《パーロ》に行こうと思うんです」

自分自身を笑っているとも、男を笑っているともとれる妙な笑い方を、黙って見ているうちに男は不意に鋭い怒りを覚える。「よした方がいいな、向うでも要らないというよ」にべもなく応える。

女はむきになっていう。あたしはこんなふうに生きていることが厭でたまらない。これでは自分も、周りの人も信じられない。あたし、自分を試してみたいの。だから八路軍へ行ってみたいのよ。学期が変るたびに何人かの生徒が来なくなる。その人たちはあちらの地区へ行くらしい。そのたびに真剣にそのことを考えるんです。

しかし読者の感想としてはこの女はずいぶんいい加減な女に見える。あの太行山脈のなかの尾根から尾根へ、自分の足だけで歩き通して戦いつづける八路軍のなかへ、こんなやわな日本の女がなんではいってゆけるものか、八路軍にどうして受け入れられるものか、とわたしでさえ反撥を感じないではいられない。その夏、太原の町に何度目かの、しかもこれまでにない大がかりな召集がくる。根こそぎの召集で日本人の男は殆どすべてもってゆかれる。晋華劇社をつくっていた彼の友人も召集されてゆき、彼は劇団を頼まれて、女も彼が面倒を見る劇団ならというのでこの劇団の女優になって地方へ巡業に出ることになる。

けしが熟し、天津や西安方面からあへん商人が生あへんの買付にはいってくる。彼はこの時期、その調査にでかけることにして、女の劇団といっしょに行動できるような工夫をする。兵隊のいる堡塁《ほるい》のある町々、村々を慰問して公演してゆく劇団と別れて彼は一つの県城の大地主の邸に泊まりこみ、あへんの作柄の調査にはいる。やがてそこへ女の劇団もやってくるのである。男は女をつれてあへんの取引所を見せたりする。大地主の邸へつれて帰り、納屋の奥の方に炕《こう》があって、その上にたくさんのけし坊主が山積みされているのを見せる。けし坊主は乾いた砂のこぼれるような音がする。ここに切り傷がついているだろう。あへんをとった痕だよ。この筋一本が一回の採集だ。よく出来ると大きな坊主で六回、七回もとれるんだ。今年は不作らしいな。この傷をつけるのは百姓でもむずかしいんだ。深く切りすぎると、そこから腐ってだめになる。村でもこれのやれる男はきまっていて、雇われて村中を切ってまわるんだ。そのあと、女や子供が空缶をさげて、噴きだした乳を集めてまわるんだよ。男は説明してやるが、女は聞いていなくてだしぬけにいう。「あたし、やっぱり行こうと思うわ。今夜、城門の閉まる前に城外に出ていて、日が暮れたら歩きはじめるわ」

　男の視線を十分意識しながら、女は唇の周りに笑いを浮かべて、けし坊主をお手玉のように投げあげては受けとめている。それを言い出せばいつもむきになる男をからかっているとしか思えない。しかし、それにしても、そういう他愛ない気持で重大なことを口にしている女の無責任さが男をいらだたせる。事実もしほんとうにその気になれば、この県城でなら、八路軍の地区にはいるためには、夜になって三十分も歩けばよかった。しかし実際にその一歩を踏みだすとなれば、どんな人間でも、当然味わわなければならないはずの、苦悩の重さを心に負っているにしては、女の口調はあまりにも気紛れに似ていた。君は、おれが手伝うとでも思っているのか？　不意に男は兇暴な感情にかられてくる。「おれに断ることはないだろう、行きたければ、黙って行け！」思わず唇を衝いて出た自分の言葉に煽られて、男は言葉とは反対に、手を伸ばして女の肩を摑んだ。自分で怒りだと思った激情が、そこではっきり欲情に変った。指の先が肩の肉に食いこむほど力を入れてゆきながら彼は女を引き倒そうとし、女はけし坊主の上に倒れながらも、顔を押し被せてくる男の下からすり抜ける。何も私は洲之内徹がどんな女にもこのような行動にでるとは思っていない。ここでの女はへんに軽薄で、男を小馬鹿にしたような態度を何度となくとっている。例えば、この家はきっと大地主なのね、といい、働けど働けど、なおわが暮し楽にならざり、じっと手を見る――つまんない歌ねえ、そう思わない……啄木なんてくだらないわよ、と言ってみたり（女は短歌もやっているのである）、地主の庭に干された小麦の上に陽が照りつけるのを見ていたと思うと、ねえ、あたしこの頃、クロポトキンの田園工場論とか、相互扶助論とかに惹かれるのよ。と言っても読んだことないんだけど。無政府主義って、なんとなくいいわね。この麦見ていると、あたし無政府主義者になるな、というようなことを言ったりするのである。あの時代の、新劇女優の卵である女たちには、このような口のきき方は、あるいはごく普通のことだったのかも知れないけれど、こう写していると、ひどく軽薄で生意気な女に見えてくるのはどうしようもない。

作中主人公の野島の感性にしても、また作者である洲之内徹の感性にしても、ちょっとやりきれないような女だったはずだが、野島も、また洲之内徹も、こういうふうに男を小馬鹿にしたようなことをいう生意気な女に対しては、それが若くて一応見られる女なら、猛然と征服欲と欲望とを同時に噴出させる男である。これはしかし、彼らに限ったことではなく、男一般に共通した生理であるかも知れない。女の方も、それを十分承知していてからかうように男の感情をもてあそんでいるように見える。こういう女の生理の動きも、あるいは彼女だけのものではなく、大多数の女に共通したものかも知れない。

この調査の旅から帰って男はすぐ報告書を書くのである。けしという不思議な美しい花を咲かせる魔性の植物が、複雑な戦争の局面の陰で、演じている役割（すでにあの屈辱的な阿片戦争を経験しているというのに、中国では八路軍でさえもが、百姓たちにけしを栽培させ、生あへんを売って軍資金をまかなっているのである。他の軍閥はもちろんのことである）を暴きだし、跡づけてゆく仕事には、いつもの調査とはちがって、物語を書いてゆくような楽しさがあり、彼は、情熱をもって長い報告書をつくってゆく。一方、女の劇団では、オストロフスキイの「雷雨」を翻案したドラマの稽古が始まっている。

男の完成した報告書を、中国語の文章に直して、タイプにかけようとしていると き、無電室からオペレーターの中国人職員が、緊張した顔ではいって来て、まだ解読前の明碼《ミンマア》の数字だけを並べた紙を男にさし出していう。日本がポツダム宣言を受諾しました。

男は軍司令部へでかけてゆく。情報室へ行ったが主任参謀は席にいない。会議中なのである。現地軍は態度がきまらない。いろいろの方角から八路軍が県城に接近しているし、山西軍の主力も近くまで出てきている。八路軍がはいってくるか、中央軍の山西軍がはいってくるか、どっちとも判断の下せない状況なのだ。とにかく調査所の中国人職員たちをいち早く解散させてやらなければならない。中国人の馮英はこういうときにはじつに頼もしいのだ。「太原に八路《パーロ》が来ても日本軍は入れないと思います。私は閻錫山《えんしゃくざん》軍が入るだろうと思います。いずれにしても、いますぐ、というわけには行きませんよ。相当いろいろあって手間どりますよ。それよりも鉄道がいつまで動いているか、その方が問題です」と言う。

そうか、と男は改めて馮英を見た。彼は鉄道のことなど浮かびもしなかったのだ。何年も軍で情報の仕事をやっていながら、こういういよいよというとき、何がどのように起るのか、まったく見当もつかなかった。まず、鉄道のことをいう馮英は、生涯を動乱のなかで揉まれつづけて生きてきた民族の一人である。とにかく早い方がいい、銀行から預金を全部おろし、有り金と合せて、みんなに平等に分配した。調査員の中国人たちは目立たぬように毎日、二、三人ずつ発ってゆき、最後に馮英も黙って去って行った。

黙っていると、部屋の外の雨の音が聞える。なにもかも終ったという寂寥と、窺い知ることのできない明日が迫っていると思う不安とが、ひとつになって彼をとり籠《こ》めてきた。彼はテーブルの向うの女を見た。その女も、自分も、憐れな、心もとない存在に思われる。彼は手をのばして、台本の上の女の手くびをつかんだ。手くびを取られたまま、テーブルをまわって傍へきた彼女を、うしろ向きに自分の膝の上に腰かけさせた。それから両手を女の胸の下に廻して、顎を女の肩にのせた。冷たい女の髪が男のほてった頰に触れ、髪の匂いがした。「こんばん、君を抱いてやる」と女の耳もとでいう。女は躰を固くしていた。男の手が掬《すく》いあげるように女の乳房をつかんで次第に指先に力がはいってくると女は、いやだ、と叫んで逃れようとした。

男はしかし、片方の腕で女をしめつけておいて、一方の手で女のワンピースの背中のボタンをはずしにかかった。女が逃げようとしてテーブルにのめって、空のコップが床に落ちて砕けた。男はかまわずワンピースを剝ぎとりにかかっていた。女は抗うのをやめてふっと静かになった。「手を放してください」とへんに落着いた声でいう。「あたし辱《はずかし》められるのはいや。だから、手を放してください。いうとおりにします」。男が手を放すと女は身なりを整え、砕けたコップの破片を拾って棄て、仕切りのカーテンをしめて中にはいった。女が夜具をのべているのがわかる。

洲之内徹の女性たちは、みんな水準よりも抜きんでた人たちであった。自立の生活のできる才能と力をもっていた。日本の敗戦を知った日に結ばれたこの二人も決してお互いの意志に反してではなかった。

ちょっと黙っていてから、あたしに、拳銃をひとつください、と女がいう。男が二丁か三丁拳銃をもっているのを知っていた。今日、兵器廠《しょう》から青酸加里をもらって、それを女のひとにわけた隣組もあるのよ。どたん場になれば女も身を守ることをまず考えている。八路軍の理想像が消えて、いまは女の生身で感じる敵の姿になっている。八路軍のことをいうとき、いつも彼女の口もとに浮かんでいた、あの挑発するような笑いを、いまの女は忘れている。男は、自分が以前にこの女にあのように苛立ったのは、女が八路軍のなかに敵を見ようとしない、単純な憧れに対してだったのだ、と気がつく。

男の方は、自分のなかにその二つの像として八路軍をずうっと長く抱えこみ、その相剋に苦しみつづけてきた、その苦悩を、簡単に無視された苛立ちと怒りだったのだ、と思う。

太原にはいって来たのは、幸か不幸か、八路軍ではなく、中央軍の一派閥である閻錫山の山西軍であった。女の劇団は帰ってきた第二戦区の劇団と合同し、第一回公演は両方がレパートリーを一本ずつ上演することになり、女は「雷雨」に出演した。しかし八路軍に関係のある俳優たちは別れを告げてあわただしく去ってゆくのである。

売食いしながら引揚列車を待つ日本人の生活がはじまる。その中で男の立場はこでも微妙であった。山西軍が彼を必要としている。重慶政府から電報が来ている、と彼は告げられる。しかし正式な話はなかなか来ないのであった。八路軍へ行こうと誘う日本人の友人もいる。そんななかで、男は貪るように女の肉体に溺れているのであった。

どうすればいいの、あたし、と女はいうが、男は答えることができない。作品には匿しつづけられて出ては来ないが、男には妻子がいるのだ。帰還の申込みをすべきかどうか、と女は相談しているのである。あなたは、あたしにこうしろとは、一度も言ってくれないのね、と女は重ねて怨む。それが言えるのならと男は思っている。

あなたが残れと言えば、あたしは残るのよ。でも、あなたにそう言われもしないで残るなんて、いやだ、女はキニーネの瓶を投げつけ、ぶるぶる震えながら外套に手を通して帰ってゆく。

しかし、引揚者の集合住宅にはいってからも、女は次々と列車を見送って残り、男との殆どものも言わない、まるで格闘技のような執拗な抱擁をくり返していた。女は、男の嗜虐に堪え得る強靭な肉体を持っていた。もはや愛ではなく憎しみのような抱擁であった。

とにかく生きるだけは生きていてね、と女がいう。こんどあなたが日本へ帰ってきたらあたし、あなたに見せるものがあるのよ。懐妊に気づいていながら、女は言わない。女が日本に引揚げたあとで、男は友人の妻にそのことを教えられる。

三月になって男は重慶から南京に移った国民政府からの正式な発令を受けて、山西軍の政治部下将《かしょう》参議といういかめしい身分になる。山西軍のま新しい軍服に身を鎧い、迎えの副官を帯同して司令部長官への申告のため、男は公館を出てゆく。石炭もなくなり妻と幼い長男の震えていた公館には、すでに石炭と米と白麺が荷馬車一台分届いている。このことは小説には出ていても、妻子はいっさい出てこない。男は独身の男になりすましている。

十年にわたって日本軍の対中国共産軍情報活動に専従して来た洲之内徹の、敗戦時の状態は大体のところ以上のようであったらしい。このとき、まず太原市街にはいって来たのが、中央軍麾下《きか》の山西軍ではなく、八路軍であったら、洲之内徹の立場はさらに微妙で複雑なものであったろう。最悪の場合は戦争犯罪者として下獄しなければならなかったであろうことは、想像に難くない。洲之内公館の存在を、中共軍は十分に知っていた。

閻錫山軍のはいって来たこの地方では、日本軍以上の苛酷な収奪が始まっていた。山西軍政治部下将参議というのは、相当の高官らしく思われるが、彼には山西軍の命脈が長くはないことがよくわかっていた。やがて八路軍がとって代る運命が見えている。その年(一九四六)のうちに彼は職を辞して妻と長男をつれて日本へ引揚げて来た。妻はこのとき次男を懐妊中であった。

帰国してから、洲之内徹はアメリカ軍の戦犯諮問委員会に呼び出されている。どのような質疑応答があったのかわからないが、とにかく無事に切りぬけて松山へ帰って来た。この時点においてアメリカは中国の状況を、殊にも中共軍のことを、どんな小さなことでも知りたいと切望していたはずである。洲之内徹は、中国共産軍のことについては、日本に進駐していたアメリカ軍の諮問委員の十倍も百倍も深く通暁していた。諮問委員はおそらく彼にはまったく歯が立たないで終ったのではないか。話術についても、彼は独特の説得力と魅力を持っていた。知性においても十分の自信があったはずである。ただ、彼にもし戦争犯罪に値するものがあったとしたら、それは討伐軍に随行させられた場合の、中国の女性への性的残虐行為であったろう、と確信している友人たちは多いのである。また彼自身、決してそれを秘匿しようとはしなかった。もっとも心を開いていた男同士の酒のはいった席では、拳銃を使う場合での、もっとも効果的な女の殺し方、などという話を彼は披露したりしている。

日本の男の社会には、こういう席での打ちあけ話は、酔いがさめればなかったことにする社会習慣があるようである。それに乗って、虚勢を張って、ありもしなかったことを得々と喋る軽薄な輩もたくさんいる。しかし、洲之内徹はそれほど軽薄で、あたまのからっぽな男たちとは、まったく似てはいない。また、それほど自尊心のない男でもなかった。彼は、その問題については、何よりも、彼自身の哲学を持っていた。それはすでに前にわたしが書いている。そういう彼の哲学はもはや人間の領域ではない、とわたしは考えている。こと、女に関しては、洲之内徹のなかには、悪魔的と言っていい、救いようのない地獄があった、とわたしは思う。もちろん、そのことは、誰よりも、本人である彼自身が一番よく知っていた。——神がご存じなかったはずはない。

神はご存じのうえで彼を赦していたのであろうか。洲之内徹のひんしゅくを買うとしても、この問題はわたしにはどうしても解いておきたい、しかし解くことのできない課題である。

この作品を雑誌に発表してから、単行本にするまでの数十日を、わたしはこの課題について考えつづけていた。

そのあいだのある夜、わたしは、神が洲之内徹を深く愛したのは、彼が、中国から引揚げて来て、貧窮のどん底で、小説を書きつづけていたあの数年間だったのだ、と考えるようになった。彼が書いた数篇の小説は、当時の文壇の大家たちから酷評を受けることになった。しかし、あの時期くらい、彼が自分の井戸を深く深く、まっすぐに掘り下げた時期はほかにないと思う。

美術随想に転じてからの彼は、彼の井戸を垂直に深くではなく、水平に浅く掘ってゆくことになった。それは、小説というジャンルのきびしさと、随想、エッセイというジャンルの性格的なちがいがおのずからもたらしたものでもあったろう。

「ヨブ記」の終りの方には「ヨブがその友人たちのために祈ったとき、主はヨブを元どおりにし、さらに主はヨブの所有物を二倍に増やされた」以下、ヨブの祝福された最後のことを書いてあるが、この部分は後世の人が書き加えたものである。神の愛は、ヨブが全身を病み、灰にまみれて、神を呪咀するほど苦しんでいた、まさにそのときこそ、最も深く彼の上に注がれていたのである。

洲之内徹の生涯も、彼が上京してからの数年、何の収入もなく、妻子を養いかねて、ああ、殺されそうだ、と心に叫びつつ、売れるあてもない小説を、どうしても書かないではいられない小説を、黙々と書きつづけていたあの一時期、彼の井戸が、垂直に、垂直にと最も深く掘り下げられていたあの時期にこそ、神の愛をもっとも厚く劇《はげ》しく注がれていたのである。

美術エッセイの愛読者をたくさん持ち、女たちに塗《まみ》れていた後半生は、彼の井戸は、垂直にではなく、水平に浅く掘り進められ、神とは無縁に展開していったのだと思う。

敗戦までの中国での日本軍のなかでの生活を前半生というとしたら、後半生の戦後も、彼は原理的には殆ど生き方を変えてはいなかった。そういう器用なことが出来る人ではなかったのだ。別のいい方をすれば洲之内徹くらい融通のきかない、あるいは純粋な人はなかったとも言える。後半生の殆どを、彼は大森の四畳半一間の木造アパートで独り暮しをした。この一事をもってしても、他の人にはちょっとできない事柄であった。彼は自分のやり方、暮し方を、頑固に守って譲らない人間であった。金銭の意味も、生活の豊かさということも、彼の場合、他の人々とはまったく異なっていた。見方によれば、彼くらい贅沢な生き方をした男を、わたしは他に見つけることができないくらいである。女たちが彼の周りに、まみれるように存在したのも後半生の方が比較にならないほど多種多様であったろう。しかし、ここはもう戦場ではない。彼の背後に、軍という恐怖すべき権力はなく、彼の手に拳銃はなかった。抽象の世界で彼に殺された女がいたとしても具体的な殺人があろうはずがない。それはもはや当事者同士の責任において存在したことで、他人がとやかく言うべきことではなかった。女が鬼になればそれでよかったのである。

しかし神は簡単に彼を赦したわけではないと思う。引揚げて来てから、絵という救いにたどりつくまで、彼は文学に執し、自分の文学の力を信じることによって、どん底の生活の苦しみを長い間味わったのである。なまなかなことでは懲りない彼が、思いだすのもつらい、生涯で一番苦しい時期であった。二度と味わう勇気はない、といつも話していた。

彼が自信を持っていた文学では生活することを赦さなかったという一事は、もしかしたら神のなした、眼に見える部分での戦犯裁判であったかも知れない。巣鴨プリズンに収容されるよりも、あるいはずっと彼にはこたえる懲罰であったと思う。

言葉に尽しようもない苦しみを妻と幼い子供たちにあたえ、そのことがまた、彼のけっして繊細でないはずはない神経にはねかえって一層彼を苦しめることになった。ああ、もう殺されそうだ、と何回となく思った、という。彼の生涯で初めて思い知った、生きることの苦しみで、それが二、三年ではなく、もっと長く続いた。そのころの述懐をきくときは、神は十二分に罰をあたえられたのだ、懲らしめられたのだ、と思われたものであった。しかし、そのようなまったく八方が塞がって動きがとれなかったはずの時期にさえ、彼には女がいた。どのような時期にも、どのような形でかいつも女がいた。彼は女のために金をつかったりはしない男だったから、それをすべて自分という存在の魅力だ、と彼が考えても、自惚《うぬぼ》れだと笑うことはできなかったろう。魅力のある男性は世の中にたくさんいる。しかし彼等のすべてが彼のように生きることはできない。その秘密は何であったろう。それは彼自身と、そして彼と関わった女性たちだけが知っていることであろう。わたしに臆測できることは、他の男たちが持ってはいなかった彼の純粋さである。エゴイズムと背中合せにぴったりくっつき合っていた純粋さである。ご自身がつくられた人間というものに、さんざ手を焼かれた神もまたそのことをご存じであったろう。

どん底の窮境にいた彼を拾いあげて職をあたえてくれたのは田村泰次郎であった。絵が好きで自らも絵を描いた彼は、ヨーロッパの新しい絵を日本に根づかせたい願望で、「現代画廊」と名づけた店を銀座にもっていた。社長は田村夫人であったが、彼はその店の番頭として勤めることになった。一九五九年である。

絵という不変の恋人との出会いである。利益のあがらない画廊という商売に見切りをつけた田村泰次郎から、二年後には店の名を譲り受けて、規模のずっと小さい「現代画廊」を、彼は自ら経営するようになった。

絵に関するエッセイの最初の本である『絵のなかの散歩』の巻頭には、海老原喜之助「ポアソニエール」が原色版ではいっている。

洲之内徹がこの絵と出会ったのは昭和十八年ごろ、山西省太原の町である。彼はそのとき、第一軍司令部の情報の仕事をしていた。そのころ東亜新報という邦字新聞の、太原支局に一人の文学青年の記者がいて、そのころ、殊に現地ではもう全く見られなくなった戦前の文学書や詩集、限定版の山の本などを蜜柑箱に一杯持って来ていて、独身の彼にとっては全財産のようであったが、その中に、この「ポアソニエール」の入った画集があった。

昭和十八年というと、現地軍「十八春太行作戦」「十八夏太行作戦」と、続けざまに、共産軍の根拠地に対する燼滅作戦を強行した年で、共産軍が日本軍の「三光政策——殺光、焼光、滅光（殺し尽し、焼き尽し、滅ぼし尽す）と呼んだ作戦である。その作戦のための資料を作るのが洲之内徹の任務のひとつであった。それは憂鬱とも何とも言いようのない厭な仕事であった。そのことは前の方で書いている。そういう明け暮れのなかでどうしようもなく思い屈するとき、洲之内徹はふと思いついて東亜新報の青年記者のところへ「ポアソニエール」を見せてもらいにゆく。その「ポアソニエール」は一枚の、紙に印刷された複製でしかなかったが、それでもこういう絵をひとりの人間の生きた手が創り出したのだと思うと、不思議に力が湧いてくる。人間の眼、人間の手というものは、やはり素晴しいものだと思わずにはいられない。他のことは何でも疑ってみることもできるが美しいものが美しいという事実だけは疑いようがない。絵というものの有難さであろう。知的で、平明で、明るく、なんの躊らいもなく日常的なものへの信仰を歌っている「ポアソニエール」は、いつも彼を、失われた時、もう返ってこないかもしれない古き良き時代への回想に誘い、彼の裡《うち》に郷愁をつのらせもしたが、同時に、そのような本然的な日々への確信をとり戻させてもくれた。頭に魚を載せたこの美しい女が、周章《あわ》てることはない、こんな偽りの時代はいつかは終る。そうささやきかけて彼を安心させてくれるのであった。

この絵のほんもの（オリジナル）に洲之内徹が出逢ったのは、田村泰次郎の現代画廊に入社してまもなくである。ある日彼は鎌倉の腰越の原奎一郎《はらもくいちろう》の家へ遊びに行った。原奎一郎は洲之内徹の最初の小説「鳶」を載せてもらった「文学草紙」の同人であった。「鳶」をここに紹介してくれたのは同人の古谷綱武であったが、洲之内徹はそのとき同人に加えてもらい、その後も幾つかそこに小説を載せてもらっている。以来もう十年になるが一度も同人費を納めたことがないという有様だったが、ようやく定職を得て、気持が落着いたところで挨拶に行ったのだという。原奎一郎は平民宰相といわれた原敬の跡を継いだ人で腰越の家というのが原敬のもと別荘だったところである。廻り縁に畳がはいっていて応接セットが置かれているような広大な座敷の壁際に、ふと見るとあの「ポアソニエール」の実物が無造作に立てかけてあって、洲之内徹は一瞬わが眼を疑った、という。

「一枚の絵を見て、私がこんなに感動、というよりもびっくりしたことはいちどもない」と彼は書いている。太原以来のこの絵との因縁を話して、ぜひ譲ってくれと頼んでみたが、先方は一向本気で聞いてくれなかった。原奎一郎は昭和十年前後のころ、海老原喜之助や岡田謙三、島崎雞二等とも親しくしていて、経済的には恵まれないがしかし気鋭の新人として前途を嘱望されている若い絵描きたちの友人であり、パトロンでもあったらしい。

原家の腰越の広大な屋敷にはいっている裏山は、鎌倉市と藤沢市の境目にあって、そのことで多年裁判沙汰になっていたので、年末にはまとまった金を弁護士に支払うことになっていた。その金策のため何か売るというので、洲之内徹の方ではてっきりあの「ポアソニエール」を売ってくれるものと思ってゆくが、これは売らないという。三年目の年末には彼は、「ポアソニエール」でなければいやだ、「ポアソニエール」を売ってくれるまでは他のものも買わないと言い張って、とうとうこの絵を手に入れた。そのときの話がいかにも洲之内徹らしいのである。話がきまると、翌日雨だったが彼は早速大きな風呂敷を持って受けとりにゆく。いつもの座敷にあがって話しこんでいるうちに雨が次第に烈しくなり、とうとう止まず日が暮れてしまう。こらだめだ、もう帰ります、と彼が大風呂敷に「ポアソニエール」を包みはじめると相手はおどろいて、こんなに降っているのになにも今日でなくても、と言って、天気になったら画廊へ届けますよ、というが、いや、たとえ槍が降ってもいま頂戴して行きます、とても待ってなんかいられません。大丈夫です大事な絵を濡らしたりはしませんから、と彼はいい、絵を包みは包んだものの、意外に大きくて、これを抱えてはとても傘をさすどころではない。立往生した形の彼に、原氏も笑いだして、それじゃ裏の山を越したところを大船行きのバスが通っているからそれに乗ってゆきなさい、停留所までぼくが送ってゆきます、ということになった。裸足でズボンの裾を捲《まく》りあげ、靴は片方ずつ上着のポケットに突っこみ、絵の方は大事をとってその上をもう一重レインコートで包んでしっかり胸に抱えた洲之内徹に、雨合羽にゴム長姿の原氏が片手に懐中電灯、片手で傘をさしかけ、土砂降りの雨が川のように流れる山道をバス停まで山越えをした。結果としては数億円というコレクションとなった洲之内徹の集めた絵は、みんな一枚一枚、彼がこのような思いをして手もとに置きたくて置いていたもので、世にいう蒐集といったものとは性質がちがっていた。家もない、生涯の殆どを木造アパートの四畳半で過した彼に、蒐集などということができるはずがなかった。ほんとうに好きでたまらず、どうしても手もとにおいておきたかった絵だけが、長い間に少しずつ溜っていったものであった。

時価千八百万という中村彝にしろ、靉光《あいこう》にしろ、松本竣介や関根正二にしても、彼が手に入れたころは、決して有名な、いまのように高価な画家ではなかった。

洲之内徹の「現代画廊」は、何度かその所在地を変更しているが、晩年は、銀座松坂屋の裏にあった。関東大震災のあとの焼野原へ最初に建てられた耐震耐火の古いビルディングで、これもまた前世紀の遺物のような蛇腹式扉を手で開閉する旧式の小さいエレベーターのあることも珍しかった。パリの小さいホテルにこの式のエレベーターがあるので絵描きたちに懐かしがられていた。建物もリフトも、窓の一つもない画廊の部屋も、みんな一風変っていて、年中黒のトックリセーターを着込んでいる洲之内徹の存在とどこかうまく似合っていた。

この画廊で催される個展もまた無名の若い、あるいは若くはなく有名でもない絵描きが大多数を占めていた。彼は気に入らない個展は頑固にやろうとしなかったので、決して絵がよく売れるというわけにはゆかなかった。彼自身は毎月数十万円の赤字つづきだとこぼしていたが、数字はともかく決して儲かっている画廊であるはずもなかった。それを補充するために、彼はよく絵を車に積んで駈け廻っていたし、原稿も書いていた。

『帰りたい風景――気まぐれ美術館』のなかに「中野坂上のこおろぎ」という文章が

ある。

「彼女の過去についても、私は何も知らない。いちど、小諸の町を一緒に歩いているとき、道端に置いてある古い型のゴミ箱を見て、子供のとき、こういうゴミ箱の上にとび上ろうとして、鉄の棒の先か何かで顔に大怪我をし、女の子がだいじな顔に、と母親を周章てさせたという話を彼女がしたが、彼女が自分の過去について私に語ったのはたったいちどそのときだけ、従って、私が彼女の過去で知っているのもたったひとつ、それだけである。過去のことだけでなく、現在のことでも、彼女は自分のことを、自分のほうから何も語ろうとせず、私も訊こうと思わないから、私にとって、彼女は、いつまでもいま眼の前にいる彼女だけなのである。だが、この、だけどという感じが、私は好きなのだ」

女についてのこういう好み、これが絵についての彼の好みともきっと共通していた、と思う。彼にとっては絵も女も、いつまでも、いま眼の前にいるそのものだけでなければならなかった。絵についての、いかにももっともらしい意味づけが大嫌いであった。美術評論家といわれるのを彼がひどく嫌ったのもここのところであったろう、とわたしは考える。素人のわたしは自分なりの絵のたのしみ方をする。評論家がテレビなどでなまじ専門家らしい解説をするのは興ざめである。洲之内徹にとっては女もそうであったらしい。親とか兄弟とか、子供などが現れては彼は忽ち白けてしまう。妻が子供を身ごもると、彼は必ず他に、女だけの女を求めた。絵も女も、いつも眼の前に存在する「絵」そのものだけ、「女」だけでなければならなかった。それはしかしなにも彼だけが特殊であったわけではなく、すべての人間に、男にも、女にもあるエゴイズムであった。正直で、妥協しないとなればそうなるほかない。別の言い方をすれば純粋なのである。だが純粋であることは、ときに酷薄さに通じる。人それぞれの見方である。洲之内徹の、あるいは酷薄とも見えたその純粋さに変化が見えはじめるのは、彼が愛称をゲンロクマメと呼ぶ、老年になってから生れた小さい息子のことを、「気まぐれ美術館」の連載エッセイのなかに登場させはじめたころからである。

『セザンヌの塗り残し――気まぐれ美術館』のなかの「スノウィッチ・トオルスキーの憂愁」のなかに、ゲンロクマメは初めて登場する。その冬の異常寒波に見舞われた彼は、風の冷たさがジーンと頭の芯までひびいて痛いような気がして、人にもらった毛皮の帽子を被るようになる。立派な帽子で彼は老いたる亡命の白系ロシア人のように見える。その十二月には彼の知人が何人もつづいて亡くなった。絵の方の知人だけでも二十三日には土方定一、二、三日後に四方田草炎と亡くなり、大晦日には武者小路侃三郎《かんざぶろう》とつづいたのである。洲之内徹は昔は、自分の身を労《いたわ》ったり、だいじにする人間が嫌いで、軽蔑したが、いまは自分の頭に風が痛くしむようになって帽子を被っている。それでもまだ信州へ行くのに、雪を気づかって列車にしたらと人に言われると無理して車でいったりしている。その年の一月のある日曜日、彼はゲンロクマメと呼ぶ、三歳半になる小さい息子をつれて浦安の埋立地に凧あげに行っている。息子だとは書いてはいないが、息子にちがいないと思われる書き方である。その年といっても何年とはっきり書いてあるわけではないので、三歳半といっても何年生れなのかわからない。推定一九七八年の半ばごろに生れたのであろうか。彼が六十三歳ごろに生れた息子であろうか。

「私はこの頃、突如として、人生というものは、この年になるまで私が考えていたようなものとはまるで違うのではないか、という想念に襲われることがある。私の生き方が間違っていたというのではない。そのことなら、間違いもクソもありはしない。こうしてこうなって、今日まで生きてきたというだけのことだ。そうではなくて、しかし、そんならどういうことなんだと訊かれると返事に困ってしまうが、たとえば、猛烈な速度で変貌して行く浦安の埋立地の中で凧を上げたりしていると、一瞬、この俺はほんとに俺なのか、という気がするのである。幽霊の心境というのはこういうものかもしれない」

中国で結婚して太原で長男が生れたころは、彼は細君が赤ん坊の世話をするのに嫉《や》きもちをやいて、怒ったりしたのである。その彼が六十何歳かで生れた末っ子には、一月の寒風の中の浦安の埋立地で、凧をあげてやっている。そうして突然、人生というものは、この歳になるまで自分が考えていたようなものとはまるでちがうのではないか、という想念にとらわれたりしているのである。その凧がまた日本のいわゆる凧ではなく色とりどりの何枚かの小さなビニールの凧がつながっている連凧というもので、ゲンロクマメの母親が正月に五百円で息子に買ってやったものなのである。

ゲンロクマメの母親というのは『さらば気まぐれ美術館』の「女のいない部屋」に登場する《メリー・ウィドウ》の第二幕のアリア〈ヴィリヤの歌〉を聴かせる女性で、やがて彼が堂々と「現役の女房」と書くことになる人である。

洲之内徹とは長いおつきあいのひとではないかと考えている。どこかで彼女が自分の仕事のために取材に行った先の古本屋で『伊丹万作全集』一揃いを見つけたから、必要なら買っておくが、どうですか、と電話をくれ、洲之内徹が買っておいてくれ、と頼むことが書いてあった。『伊丹万作全集』は彼が重松鶴之助の死について調べたくて必要としていた書物である。そのときは彼女は某出版社の編集者のMさんという名で出てくる。そのころは普通の友人であったのかもしれない。敏腕の編集者であり、彼が関わったからには必ずや美人でもあるはずで、わたしが唯一つ知っていることは、電話で話した声の柔かい美しさと話し方のしとやかさである。ゲンロクマメは『人魚を見た人——気まぐれ美術館』のなかの「その日は四月六日だった」のなかには五歳になっていてロボットに夢中になり、尊敬のあまり、自分をロボットだと思いたがっている節がある、という幼年で、ティッシュペーパーの空箱で作ったロボットに「パパおかエリ」と言わせている。このロボットはなかなかよくできていて、彼の息子らしく造形の才能をすでにして見せている。

同じ巻の「電話の混線について」には、「鈴木というのは私の現役の女房で、このところ、私は彼女の家に居候しているのである。彼女はこの『気まぐれ美術館』にときどき登場するゲンロクマメの母親で、そのゲンロクマメはいま六歳である」と書き、「彼女はある女性雑誌の編集者である」とも大っぴらに書いている。この小さい息子の成長につれて洲之内徹の女性関係はだんだん整理されてゆくことになったらしい。いつも複数の女性がいて、ダブルであったり、トリプルであったりした関係が、普通の、といっても法律的にではないが、とにかく、一対一の形に落着いていったようである。

　やがてゲンロクマメ母子が新しいマンションを購入して移ってゆくと、その蝸殻町の貸しマンションのあとに彼がはいって、大森の四畳半はそのままだが、集めた絵の大半はその方へ運んで、そこで生活するようになる。隅田川の清洲橋に近いグリーンベルトのある通りに沿ったその貸しマンションが彼のついの棲みかとなり、寝食は母子の部屋へ通うはずであったが、夜通し起きている彼は朝になって寝に帰るとか、十日も十五日も帰らないで自分の部屋にいたりしていた。一日に十時間もぶっつづけにレコードを聴きながら酒を飲む習慣がついたのも、この部屋である。

　この習慣は彼にとって、ある内面の必要によってもたらされたものであったろう、とわたしは考えている。地下鉄日比谷線の電車に夜更けに乗っていた彼はこんなことを考えている。

　いま自分の見ているこの連中はどこから来て、どこへ帰るのか、彼等はいま見ているこの場だけの彼等で、不思議と日常が見えてこない。実体が稀薄なのだ。ちょうど舞台の上の通行人のように。しかし、事実そのとおりなのかも知れない。六本木という街が一つの舞台なのかもしれない。そこで彼等は何かをして遊んでいたのだろうが、そこで遊ぶということは、同時に、何かを演じているということかもしれない。

その晩はしかし、彼は、彼自身について一つの発見をする。いつもなら、こういう風景を前にして、彼は言いようのない不安に襲われ、空恐ろしい気持になるのだが、今夜はそれがなかった。却って、東京っていいなあ、面白いなあと思うのである。

なぜだろう、と彼は考える。それはたぶん、この三ヵ月ほど、ひたすらモダン・ジャズを聴いたからにちがいない。ことしの夏前あたりからフォーク・ソングからモダン・ジャズに移っていって、いまはモダン・ジャズに夢中になっている。レコードを三百枚くらい買った。テープ・デッキも買って毎晩夜通し、十時間くらい聴いている。そんなふうにしているうちに、彼の時代というものに対する考え方が変ってきた。よくも悪くも時代は変る。とやかく言ってみてもはじまらない。芸術家は自分のその時代を生きなければならないのだ。むしろ、優れた芸術家は新しい時代を創る。変ってゆく時代の中で、自らもどう変って行くかが芸術の課題なのだ。その課題とシリアスに取組んで行くことで、新しい芸術と新しい美が生れる。彼はモダン・ジャズの巨人たちのシリアスな姿勢に打たれ、思ってもみなかったその世界の美しさに息を呑む思いをした。古い美は滅びはしない。しかし、新しい美も絶えず生れてこなければならない。どんな時代にも、その時代ならではの美が生れるのだ。おそまきながら自分はいまやっとここまで来た、と思う。モダン・ジャズを聴きだしてから、彼は不思議と心が落着いてきた。気持が明るくなった。時代というものに対する考え方がいま変りつつあるらしい。終電の中の六本木族の氾濫にも、肯定的に対応できるようになったのだ、ここにはここで何かがある。

洲之内徹は晩年、何かに兜をぬぐように素直になってくる部分があった。生命力の衰弱にちがいなかった。逝く直前の夏は珍しく家族と夏休みの小さい旅をしている。紀州の新宮、熊野の旅をして、ゲンロクマメとその母をカメラにおさめたりもしている。

「彼のママは、自分とゲンロクマメとを私に写真に撮らせても、私と彼とを自分が撮ろうとはしない。彼等のアルバムに、なるべく私の痕跡を残したくないかのようである。もっとも、私もその方が気が楽だが、彼等とかけ離れている私の年齢からいっても、一所不住の私の性分からいっても、遠からずいずれは彼等の前から私がいなくなる日の来ることを考え、あるいはそのときにも最後に私が帰って行くのは彼等のところではないと考えて、その後のゲンロクマメに無用の悲しみを与えまいとする、いまからの彼女の本能的な身構えかも知れない。

その私が、この頃、私にも家庭というものはやっぱり要るのかな、と思うことがある。私が彼等の家へ行くのは平均一週間に一度か、ときには半月ぶりなんてこともあるが、朝、寝床の中で目を覚まし、家の中で女の声や子供の声がしているのを聞くと、それだけのことで何だか気持が安らかになる。〈ふるさとへ廻る六部は気の弱り〉という川柳がある。私も気が弱くなった」

こう書いた二ヵ月後の秋に彼は急逝した。ゲンロクマメは有馬小学校の四年生で〈有馬スワローズ〉の三塁手である、とも書いている。わが子のほんとうの愛しさ、哀しさというものを、彼はこの最後の息子によってようやく知ったように思われる。あまりにも自己中心的に、妥協のない生き方をして来た彼が、晩年肉体に巣食う病細胞に生命力を蝕まれて、やはり気力に衰えが見えて来たのであろう。気の弱りであろうと何であろうと、人間的になったことが悪かろうはずはない。しかし、わたしはこの文章を読んでなぜか涙ぐんだ。

「四月の第二日曜日に、私はゲンロクマメと彼のママと三人で、隅田川へ、レガッタの早慶戦を見に行った。桜はこの日曜日が最後、私は例の写真集『軍艦島』の原稿にまだ取掛かれなくて苦悶している最中であった。ゲンロクマメのママは毎年このレガッタを見るらしい。去年は両国橋でスタートを見て、ゴールは、中洲の家へ走って帰ってテレビで見たそうである。スタートからゴールまでだいたい何十何分くらい、その間に走って帰れると計算して走ったのだ。彼女のそういうところが、いつも、何となく私を感動させる。私と彼女との間を長続きさせているのもそれがあるからだろう。

今年は、桜橋のちょっと下流の、隅田公園の堤で見た。ゲンロクマメにせがまれて彼女がどこかの屋台で買ってきた焼そばを、前の晩から飲んでいるばかりで何も食っていなかった私は、ゲンロクマメと二人で、防潮堤のコンクリートの上で食べた。桜橋という、ここ二、三年のうちに出来たはずの、そのX字形の歩行者専用の新しい橋を、ゲンロクマメはバッテン橋と呼んでいる。彼はこの四月で三年生になった。毎日、日記を書かされている。ある日の日記を彼は三行しか書いていなかった。彼女がもう三行書きなさいと言ったらしい。『内のママはまた3ぎょうかけといった。やんなってくる。しょうがないよまったく、と、かいているうちに3ぎょうになった。』

その日記を彼女が私に見せて、こんなこと書くのはやっぱり血筋かしらと言った。私も不思議だと思う。私の〈気まぐれ美術館〉など彼が読むはずもないのに、これはまさしく〈気まぐれ——〉調だ」

故郷へ廻る六部は気の弱り。なるほど人間的になどなる洲之内徹は、柄にもなくて、わたし自身、淋しいと思う。わたしは、そのひととの恋愛はその最初から、ただそのひとといっしょに死ねたら、と、そのことだけを考えていた、と書いたころの洲之内徹を、あのように何となく意地悪く責めていたにもかかわらず、自己中心的であろうと、悪魔的であろうと、あのころの彼の方が好きなのだ、といま気がついている。

洲之内徹はテレビのクイズ番組なんか見ていると、生きた心地がしない、と歎いている。彼の蠣殻町の部屋にはテレビも新聞もないからいいのだが、隅田川べりのゲンロクマメの家で食事をするときは、真正面にテレビがある。傍でゲンロクマメが面白がって見ているので、つい一緒に見ることになる。

「面白いといえば私にも面白いが、その面白さが妙に怖い。何という空々しさ。わざとらしさ。そういう番組のあとで画面に鰐《わに》が出てきたりすると、鰐が水に潜るまでヤラセに見える。テレビだけならまだいいが、この頃、世の中のすべてがそんなふうに私には見えるのだ。いったいどうすりゃいいのか。展覧会を見に行けば、大きな声を出した者が勝ちというような絵がずらりと並んでいる。この居心地の悪さ。どちらを向いても私は生きた心地がしない。どこにもこの身を托することのできるリアリティーがない」（『さらば気まぐれ美術館』所収「雪の降り方」）

十二月のある夜更け、終電に近い地下鉄の中で、他の客の読んでいる新聞の見出しだけがちらと彼に見える。「百も承知で大騒ぎ」、そうなのだ。何もかも承知のうえで空さわぎ、承知のうえで見る方も見ている。「それがいまの世の中なのだ。（略）リアリティーなんかあってもらいたくないというのが現代かも知れないが、その百も承知の気配こそが現代のリアリティーではあるまいか。それにしても何という煩わしさ、奇怪さ。私はやっぱり生きた心地がしない」

そんな彼を、やっと「生返ったような気持」にさせてくれたのが、小野幸吉の絵の卒直さである。この卒直ということもうまく説明できないから、画集を見てもらうより他ないが（と書いて、発行所の所番地、電話番号まで書いてある）、「小野幸吉の絵だけでなく、画集に入っているいろいろの人の文章も全部読んで、同じようにその卒直さに搏《う》たれた。そして、人間が卒直であることのできた時代というものがあったのだと、つくづく思った。卒直ということは美しい。いまの世の中にないのはそれなのだ。（略）

そういういきさつがあるから、私はそれらの文章をみんなよく憶えているが、そのときあまり気にとめていなかった、作家の白井喬二氏の文章をこんど読み返して、あらたに感動した。白井喬二氏が幸吉の長兄の小野孝太郎氏の家（東京）で幸吉に会い、批評を乞われて、『人の複雑が、画の複雑となる。画人たり、公人たり――』といった論法で『読書の必要』を説く。『だがかう云ふ事を説いたのは、時を得ざるものであつた事を、帰りの自動車の中で、すぐ悔いた。透明純粋な幸吉の画影が、そのとき、自動車の中まで追つ駈けて来て、余をして、刻下に後悔せしめたのであらう。』（『幸吉君の印象』）というところを読んで、この白井氏の卒直さに、私はやはり感銘を受けた。

それから二、三年経って、ある日（幸吉の死の三ヵ月前――昭和四年の十月）、小野幸吉が突然白井氏を訪ねてきて、絵を買ってくれませんか、と言う。その態度が『悪びれもしないし、太々しくも』なくまことに気持がいい。いくら、と訊くと、四十円。白井氏は即座に承諾して、書斎から四十円を持ってきて渡す。驚いたことには、そのあとで、幸吉は、これです、と絵を出して見せ、白井氏は初めてその絵を見るのである。こんなことってあるだろうか。

小野幸吉の生涯（当時で二十二歳、いまの数え方では二十歳――大原註）で、彼の絵が売れたのは、おそらくこれ一枚だろう。ところで、彼の死後、机の抽斗《ひきだし》から、その帰途、四十円分きっちり絵具を買った文房堂の領収書が出てきたと聞き、白井氏は、

『余は、この一事においても、君を尊敬し、君の熱情を愛する。』と書いている。小野幸吉の最後の大作〈ランプのある静物〉も、その絵具で描いた一枚にちがいない。こういう人たち、こういう時代……」

小野幸吉は酒田出身の夭折の画家であり、白井喬二（一八八九―一九九〇）は、中里介山の『大菩薩峠』と並ぶ代表的長篇時代小説『富士に立つ影』を代表作とする作家である。

こういう人たちの生きていたこういう時代を、自分も生きてきたと思うことは、不思議にわたしの深い慰めとなることを、これを読みながらあらためて考える。

しかし、それはまた、次のような時代でもあったことを忘れるわけにはゆかない。『人魚を見た人――気まぐれ美術館』のなかに「足を濡らす」という文章を、洲之内徹は書いている。

てんしやう十八ねん二月
十八日にをたはらへの
御ちんほりをきん助と
申十八になりたる子を

たゝせてより又ふため
とも見さるかなしさの
あまりにいまこのはし
をかける成はゝの
身にはらくるいと
もなりそくしんしやう
ふつし給へ
いつかんせいしゆんと後
のよの又のちまで此
かきつけを見る人は
念仏申給へや卅三
年のくやう也

これは有名な、名古屋市の熱田の裁断橋の擬宝珠《ぎぼし》の銘文である。もちろんわたしもずっと以前から感銘して記憶していたが、洲之内徹の「足を濡らす」の一文を読むまで、ほんとうの重要さの意味はわかっていなかった。

旧国文なので読みやすく書き直すと次のようになる。

「天正十八年二月十八日に小田原への御陣、堀尾金助と申す十八になりたる子を立たせてより、又ふた目とも見ざる悲しさのあまりにいまこの橋をかける成《なり》。母の身には落涙ともなり、即身成仏し給え。逸岩世俊（堀尾金助戒名）と後の世の又後まで、この書付けを見る人は念仏申し給えや、三十三年の供養也」

この裁断橋の架っていた精進川という川はとっくの昔に埋立てられてしまい、橋そのものも移されて、近くの姥《うば》堂という祠《ほこら》の前庭の小さな池に、三分の一に縮尺して架けられている。橋の四隅の、擬宝珠をつけた柱だけが昔のままらしい。擬宝珠にはプラスチックの覆いがしてあり、その上にさらにスチールの格子が被せてあって、銘文はよく読めないが、近所のハンコ屋さんで拓本を売っているというので洲之内徹はそこで拓本を買い、洲之内徹の親しい友人である名古屋の前田画廊の主人、前田さんは、『熱田裁断橋物語――金助とその母』という本を買った。

「足を濡らす」という一事の重要さは、この本を出した泰文堂という出版社の主人、三輪金之助という人のあとがきのなかに出てくるのだという。

「『思いますに、仮りに橋が無かったとしたら、もののふ（兵）にありて脚《あし》に水、それは大河でなくとも、小川・溝《みぞ》でも最大の敵以上なりと実感します。

私も盛りのとき、秋期大演習、牡丹江で状況にいよいよ入る時、小川渡河時、部隊全兵恐れ（山砲隊でありましたが）（背は満員）馬の首・尻尾・横腹・輜重車《しちょうしゃ》にむらがり、編上靴《へんじょうか》を濡らさじと懸命になったものです。一度び濡らさば戦力はぬけ——中略——白兵戦では自滅以外なし、正しく堀尾金助の母は老朽化した橋・橋さえあれば生きて帰れるうら若い多勢の武士《もののふ》たち、そして金助の悲願全く真感!! 柄《がら》は大きくても頑是ない武士《もののふ》の、又親御のためにと全財を振い悲願を投《か》けられた事を万《（ママ）》天下にお訴え申し上げます。——』

堀尾金助は豊臣秀吉の小田原征伐に従軍し、陣中で死ぬが、別に足を濡らしたり、橋がなかったりして死んだわけではない。しかし、足を濡らすことが生死を分つ境目になるというこの感覚は、三輪というこの人が兵隊生活を経験しておればこそだろう。実際、濡れた軍靴で行軍すると足に肉刺《まめ》が出来、それが潰れると、痛くて歩けなくなる。私と同年輩くらいの人の中には、いまも大きな肉刺の疵痕《きずあと》のある人があるはずだ。

とはいえ、ここに書かれているのは演習の話で、実戦となれば足が濡れていようといまいと、そんなことに構ってはいられない。それが戦争だ。（中略）『上海敵前上陸』（図書出版社）の著者、三好捷三氏は、丸亀第十二聯隊の伍長で、氏の所属部隊は第二次上陸部隊だったらしく、名古屋第六聯隊の上陸した呉淞《ウースン》停車場付近の岸壁へ十日おくれて上陸する。そして、始終雨に降られたり、水浸しの塹壕の中につかっていたりした三ヵ月の上海戦のあと、南京攻略に移った部隊が大倉に到達したあたりでついに落伍し、数日後に通りかかった町の野戦病院に収容されるが、看護兵に手伝ってもらって裸になり、上陸以来初めて自分の躰を見ると、足は両方ともスネから下の皮が全部なくなって肉が露出し、膿と血が流れていた、ということである。

（中略）呉淞上陸のとき、舟艇から岸壁にはい上がった三好氏が見たのは累々たる死体の山だった。無数の兵隊の屍《しかばね》が岸壁上一面に、地面も見えぬほどに折重なってころがっていて、ヘドの出そうな屍臭が鼻を衝いた。八月の炎天下に十日も曝《さら》されていた死体はことごとく完全に腐敗し、膨れあがり、内臓腐爛のガスの圧力で眼球がとび出したり、蛆《うじ》のかたまりになっていたりしたというのだが、おそらくその大部分は先に上陸した第六聯隊の兵士たちの死体だったただろう。図版の『呉淞鉄道栈橋附近戦闘図』は、まさにその戦場なのだ。（鬼頭鍋三郎　第三師団歩兵第六聯隊呉淞鉄道栈橋附近戦闘図　一九三七　愛知県護国神社蔵）

第六聯隊の呉淞上陸は八月二十三日。丸亀第十二聯隊の上陸は九月三日。九月六日に行動を起して呉淞―宝山道路沿いに進みはじめた三好氏の中隊は、たちまち待ちうけていた中国軍の激しい射撃を受けるが、弾丸は左前方の森の中からもくる。中隊長の命令で、三好氏が兵二名を連れて偵察に行くと、そこにいるのは十人ばかりの、褌《ふんどし》ひとつの日本兵で、彼等はさかんに中隊の方を射っていた。その中の隊長らしい相手に、中隊長は敵なら攻撃すると言っていると言うと、『おれは三師団（名古屋）の特務（特務曹長）だ』と名乗った相手は、『おもしろい、帰って攻撃して来いと言え、応戦してやる。おれたちはなあ、上陸半月でこのざまよ。二百名（一個中隊）がただの十名よ。みんな死んだ。もうやぶれかぶれよ、敵も味方もない』と言い、更に『お前たちもなあ、いまから十日もするとおれたちと同じになるよ。中隊が十名になるよ――』と言う。そして、事実そのとおりになった。

九月の半ば頃には、三好氏の中隊は三十名になってしまい、それでも安達部隊（第十二聯隊）の十二個中隊のうちでは最も生存者の多い中隊であったが、聯隊全体は三千名から三百名になっていて、しかも、生存者の半数は半病人であった。緒戦に投入された名古屋第三師団と善通寺第十一師団とは壊滅した。上海戦の戦死者はだいたい四万くらいと三好氏は推定している」

昭和十二年の七月、わたしは高知市で善通寺十一師団管下の高知四十四聯隊の上海敵前上陸の若い兵隊たちの出陣を深夜に見送った。ザ、ザ、ザと大波の打ち寄せるようであった彼等の軍靴の音をいまも耳のなかに聴くことが出来る。敵前上陸であることをわたしも知っていた。もちろん彼等は誰も帰って来なかった。

洲之内徹は書いている。

「戦争は恐ろしい。戦争とは何かと訊かれてひと言で答えなければならないとすれば、私自身の戦場暮しの経験から、私は『恐怖』と答えていいと思っている。それに、どう理屈を付けてみても、戦争は要するに人殺しだ。私なんかは、もしかすると、いまだに心の底では、人を殺すことなど案外平気なのかもしれないと思うと、それがまた恐ろしい。

しかし、その戦争が人間の心の美しさを見せてくれるということもある。裁断橋の擬宝珠の銘文は美しい。戦争は不幸だし、醜いが、そうかといって、足を濡らしても心配のないいまの日本が美しいだろうか。私が前田さんと話し合ったのはそのことだった。いまはいまで、人を殺して平気な人間など、昔よりも却って多いだろう。『平和と繁栄』の中で、私たちは何かかけがえのない大事なものを失って行っている。人間が人間の心を見失い、人間でなくなりかけている」

繰り返しにはなるが、ここに、

「それに、どう理屈を付けてみても、戦争は要するに人殺しだ。私なんかは、もしかすると、いまだに心の底では、人を殺すことなど案外平気なのかもしれないと思うと、それがまた恐ろしい」

と洲之内徹は、正直に書いているのである。

「美」のないものが愛せるか！ というのが彼の信念であった。だから彼はどんな人間のなかにも愛することのできる「美」を、どんな小ささやかなものでもいい、見つけようとする感性の繊細さも持っていた。その彼が、その仕事と人間のどの部分にも「美」とは「反対のもの」しか見出せなかった平沢貞通という人物について、「悪について」（『帰りたい風景――気まぐれ美術館』所収）の中に書いている。世に「帝銀事件」と呼ばれる、昭和二十三年一月二十六日の午後、閉店直後の帝国銀行（現、第一勧銀）椎名町支店で起った、毒物による大量殺人事件である。平沢貞通はこの犯人として死刑の判決を受け、三十年ほどを拘禁されて生きた。その間、明らかな証拠を提出して数回の再審申立をするが、一度も聞きとどけられず、ついに獄中で病死した。この事件について検察の示したあまりにも明白な、非論理的、非真実行為を、洲之内徹は赦されないことだと訴えている。

戦場という地獄の、しかも一番陰湿な感じのつきまとう情報特務という職場に十年近く生きてきて、「悪について」にも書いているように、人間に進歩なんてないし、社会も人間も決してよくなんかならない、と思っている彼、また「私なんかは、もしかすると、いまだに心の底では、人を殺すことなど案外平気なのかもしれないと思うと、それがまた恐ろしい」という彼に、わたしは、そんなはずはない。試行錯誤はくり返しても、人間は窮極的には少しずつでも、よくなってゆくものであり、非常に徐々にではあっても、全体としては少しずつよくなってゆくものだと考えたい、と応えることができたら、と思うのだが、いま、自分の心のなかをのぞいてみると、はっきりと洲之内徹に抗弁できるものが見当らないのにわたしは当惑している。

だからこそ、洲之内徹は「悪について」を書き、こういうものこそ悪なのだ、と言い、こんなベラ棒なことがあってたまるか、と書いて「帝銀事件」についての検察の非真実について、長々と訴えなければいられなかったのであろう。

平沢貞通が存命中に書かれたこの文章のなかで、洲之内徹は繰返し、平沢貞通は真犯人であるはずがない、彼は釈放されるべきだと説いている。

洲之内徹が単に絵画について、美についての証言者としてだけではなく、彼が生き、わたしも生きた時代の証言者として、明確な存在を示していることを、わたしは人々に知ってもらいたい。たとえば重松鶴之助の死についてもそうであったように、彼はわたしたちの生きたこの昭和という、決して明るくはなかった、かずかずの恐ろしいことのまかり通った不思議な時代の、証言者でもあった。

周知の通り、平沢貞通は獄中で病死した。無実の証しをたてることなしに獄死した。だからと言って、検察のなした「悪」について日本人は無知であっていいはずはない。

洲之内徹は徹頭徹尾「美しいもの」が好きであった。だから、その反対の極にあるものとしての「醜悪」がどうしても赦せなかったのである。

彼の周囲の絵描きたちが、彼を慕ったのも、何が美であるか、をいつもまちがいなしに彼は教えてくれたからであった。そういう意味では、わたしもまた彼の、もっとも出来の悪い、そして決して素直ではない一人の生徒であった。そのわたしが、彼によって教えられた、若くして逝った一人の女の絵描きの存在ゆえに、そのこと一つによっても、彼という友人のいたことを感謝しているのである。

その女の絵描きは田畑あきら子という。

田畑あきら子は、あまりにも早く世を去ったので、洲之内徹が彼女の作品を観ることができたのは、すでに彼女の死後であった。その遺稿集によってである。その中に載っている略歴を要約して、洲之内徹が再録している（『気まぐれ美術館』所収「美しきもの見し人は」）。

「一九四〇年、新潟県西蒲原郡巻町の生れ。生家は酒屋（多分造り酒屋であろう――大原註）。一九五九年に武蔵野美術大学の洋画科に入り、一九六三年に卒業。一九六五年から六八年まで、生活の資を得るため、母校の図書館に司書として勤めた。彼女は非常な読書家だったらしいが、だいぶここで本を読んだかもしれない。この間毎年グループ展に参加出品しているが、一九六八年に銀座のサトウ画廊で初めての個展を開いた。しかし、翌年、第二回の個展準備中に発病、郷里に帰り、その夏八月二十七日に胃癌のため、新潟大学附属病院で死亡。二十八歳。

彼女の周囲には、いつも若い詩人や画家の一群が集っていたようで、遺稿集の末尾にその人たちが、思い思いに追悼や回想の文章を書いている。殆どが私には未知の人だが、なかには吉増剛造氏や渡辺隆次氏のように、近頃になって会ったり、会うようになった人もある」

彼女の存在を洲之内徹に教えたのは彼が親しくしていた若い画家木下晋で、洲之内徹は木下晋の才能を認めていて、エッセイの中にも書き、個展を何度か、彼の現代画廊で展いてもいる。しかし木下晋も彼女を知ったのは死後であって、彼女の残した作品のために彼は奔走している。田畑あきら子遺作展は、彼女の一周忌に、日本橋の田村画廊で開かれ、その後、新潟のイチムラデパートでも開かれる。新潟での展覧会の面倒を見たのは木下晋であったという。その遺作展のあと、彼女のデッサンの作品は一括して新潟県立美術館に収蔵されるが、その労をとったのも木下晋で、洲之内徹が彼女の作品を実際に見たのも木下晋といっしょであった。

「田畑あきら子の素描は、私には非常に勉強になった。線とは何か、線というものをどう考えたらよいかが解ったような気がした。画集で想像していたのとは反対に、実物で見ると、彼女の線は非常に緩かで、速度が遅い。線に加速度がない。鉛筆が紙に触れて行くその一瞬毎を、画家が明晰に意識している線である。物を再現的に描くのとちがって、不定形のイメージをそのままの姿で絡めとろうとする彼女の線は、却っていっそう、そのイメージに密着しようとして、自らに正確さを要求するのであろうか。線の質はイメージの質と関係がある。

遺稿集の中のある個所で、彼女はアーシル・ゴーキーが好きだと言っているが、彼女の素描を見ると、いかにも、ゴーキーの影響が歴然としている。彼女がいつゴーキーを見たのか。彼女が武蔵野美大を卒業したその年、一九六三年に、池袋の西武デパートでゴーキーの素描展が開かれているから、たぶんそのとき、彼女は見ているのだ。彼女のデッサンの、線と線の交叉する位置に、黒い点がアクセントのように置かれていたりするのもゴーキーである」

美術館で素描を見た翌日、洲之内徹は田畑あきら子の実姉の家で十点ばかりの油絵を見る。六十号以上百号くらいの大作である。作品の保存状態はあまりいいとはいえず作品によっては絵具の剝落が甚だしい。画面にはホワイトをかけたものが多いが、たいていはそのホワイト（ジンクホワイトらしい）が浮き上り、落ちはじめている。

「下から覗いている絵具の別の層を見て、初め、私は、彼女がいわゆる古キャンを使っているのかと思ったが、そうではなかった。かと言って、色彩の効果やマチエールを考えて絵具を重ねたのでもない。むしろ、そういう配慮が全くなされていないために起った剝落である。つまり、彼女の画面の絵具の重なりは、下塗りと上塗りの関係ではなく、先に描いたものを後から塗り潰しているのである。下の絵具を生かす代りに殺すのだ。

だが、なぜそうなのか。これまた、たぶんイメージの問題と関連がある。おそらく、彼女の抱いているイメージは、容易なことでは画面に定着しないのであろう。フォルムがなかなか画面に出て来ない。彼女の場合、イメージと言っても、それは、どういう具体的イメージへも変って行ける原イメージの如きものであり、それ自身絶えず変形し続けているのだから、それを定着し、明示化しようとすれば、結局、描いては消し、描いては消しを繰り返すことになる。

だから、彼女にとって、一枚のタブロオの完成ということは、厳密に言ってあり得ないのではないだろうか。彼女の場合、完成とは、作品がその状態で塗り潰されずにすんだ、というだけのことかもしれない。もともと、彼女は、持続的で堅固な美的世界の構築など考えてはいないのだ。しかし、だからこそ、生き残った彼女の作品の、なんという夢のようなとりとめのなさ、なんという優しさと激しさ、なんという美しさであることか」

洲之内徹は本棚の上に立ててある小さな写真立を見つける。

「それ、あきら子ですよ」と彼女の姉が言う。

おかっぱ頭で円顔の娘が陽を浴びながら、校庭のような広い芝生に、足をなげ出し、片手を芝に突いてこちらを見て笑っている。遺稿集に載っている、死の二週間ほど前の、ベッドの上で撮ったものはさすがに憔悴して暗い感じだが、こっちの写真の、これはまたなんという屈託のない明るさ……。

「おどろいたなあ、これはおどろいた」洲之内徹は思わず溜息まじりに独り言を言う。昨日から今日にかけて見た数十枚の、あの見事な素描や油絵の作者が、そうと知らなければ、見かけはこんなただのカワイコちゃんでしかないというそのことに彼はおどろいてしまうのだ。

「やっぱり、その子、そんなに変っていますか」

姉がいうのだが、そうではなく、彼は、ちっとも彼女が変っていないことが不思議なのである。電車の中にも、街にも、喫茶店にものべつ幕なしにいるような女の子なのだ。こんな女の子のなかに、

　わたしのたましいが、コップの水の時、地球は鐘と
　鳴り渡り、秋ね！　せつなさ、魚さ、魚になって……

と歌う子がいるなどと思えるだろうか。「魚さ」というような驚くべき言葉を無造作に作り出す女の子がいるのが判るだろうか。それが田畑あきら子だと、どうして見分けがつくだろう。しかし、田畑あきら子は現実にはそんなふうにしていたのである。

田畑あきら子は、ある日、吉祥寺の喫茶店でモダン・ジャズのレコードを聴きな

がらこんな詩を作る。

ココハ　吉祥寺ノ　ファンキーデス
大変久シ振リニ来マシタ
不思議ナコトハ　サウンドノ中デハ
自分ガ　モノ　ミタイニナルノデハナク……
タダモウ　日常ガ遠ノイテ見エマセン
ナニモカモ　ワカンナイ　ト言ウノハ
嘘デアッテ　ト　言ウコトガ　解リマス
コレガワタシノ　オボロ線　デアッテ
オボロニ変身スルコト　ト　絵ヲ
創ラナケレバナラナイコトノ関係
ガ　スナワチ　現実ガ現実ヲ見失ウ
コトナノデショウ　ソノヨウニ解ルト
言ウコトハ　ソノヨウニ　生キテイル……？
ト言ウコトナノダトスルト　ソコヲモット

ゲンミツニ　シテイクコトガ……
ト言ッテモ　ワタシニハ　出来ナイコトデス

遺稿集の詩集の部に入っている。田畑あきら子はよくデッサンの余白にこういう詩のような、独白のようなものを書きつけている。この詩と彼女の絵とは、構造的にも共通していて、そこが面白い、と洲之内徹は言う。カンバスに向うときにも、彼女にはイメージとして出来上ったものが先にあるのではなく、詩の中で言葉が次々と連鎖反応を起して行くように、手の動きにつれて、手の下から、イメージは生れて行くのだ、と。

「この中の〈オボロ線〉という言葉がまた、私は好きでたまらない。半意識の世界で浮動しているような自分の状況を、彼女は、月並な詩人たちがよくやるように、無理に作った仔細あり気な顔付や、誇張した不安の身振りで語るのではなく、ちょっととぼけて、ちょっと気懶るいような口調で語る。絵の中でもそうなのだ。自己表出の代りに韜晦が、主観的な幻想の代りに客観的なヴィジョンの追求が、行われる。（中略）

天体のこと、地理のこと、卵（形）のこと、色では青とピンクとが、詩や手紙の中によく出てくる。そして、これらは、絵の中でも主役を演じている。彼女の画面には幾何学的な図形や立体と絡まり合い、重なり合って、しばしば軟体風なフォルムが現われる。だが、見る人によってもちがうだろうが、私は、そこから生物的なイメージは受けても生理的なイメージを受けることはなく、エロティシズムを感じるということはまずない。むしろ、どうかすると、子供っぽい視覚のユーモアを感じてしまう。(中略)

……今日は快晴でした。真青なボール紙を巻いた海は、太陽の巨大な輪転機にかけられていました。地球はまるくって地球的に小さいのがよくわかりました。上越の山々、反対側には海、夢の佐渡ヶ島、巻でゴランになった角田山も見えるのです。昨日から抗ガン剤を打ちはじめました。副作用はさておき、おなかの痛みにはヘイコウしています。でも元気で過しています」

死の一ヵ月半前の手紙である。彼女は決して愚痴を言わない人だったという。しかしこのあと、病状は悪化の一路をたどった。ある晩彼女は五階の病室から偶然、火事を見た。信濃川を距《へだ》てた夜の新潟市街の遠い火事は、音は全く聞えず、火の色だけが闇の中に見えるのだったが、その夜から、田畑あきら子は様子が変ったという。

「ゴーキーが解った」

　と彼女は言ったが、それまでの病に抗う姿勢をやめ、痛み止めの注射も拒んだ。自殺の気配が見え、隙を見て刃物のある病室内の流しへ這《は》って行こうとしたり、窓をうかがったりするので、眼が離せなくなった。

　ゴーキーがどう解ったのかは、あきら子にしかわからない。ただアーシル・ゴーキーは一九四八年七月、コネチカットの自宅で縊死を遂げている。その二年前の一月、コネチカットのシャーマンのスタジオから出火して、重要な作品の殆どが焼失した。その翌月は癌が悪化して手術を受けている。手術は成功し、翌年はヴァージニアへ行って、旺んに制作をするが四八年の六月、ニューヨークで運転していた自動車の事故で首の骨を折り、右手が利かなくなり、性的に不能になり、同時に精神異常を来して、一ヵ月後自殺した。アーシル・ゴーキーの絵は火を呼ぶというジンクスがあり、池袋の西武デパートも、彼の展覧会の直後、火事を出した。

『田畑あきら子遺稿集』の最初の頁に「『プルーストの質問書』による、田畑あきら子の解答。」というのがあって、〈好きな芸術家は？〉と自ら問うて〈――アーシル・ゴーキー。フランツ・カフカ。荒川修作。〉〈「お好きな銘句または信条の一つを。」〉この答は次のようになっている。

　——美しきもの見し人は、はや死の手にぞわたされけり。

自らのために、彼女が選んだ墓碑銘であったろう。一九六九年八月二十七日、田畑あきら子は二十八歳で死の手にわたされた。


　洲之内徹の倒れた知らせは、画廊から電話で知らされた。病院を訊くと、意識不明で面会謝絶だから見舞いはお断りしている、といわれた。

　彼自身あらかじめ書いてもいるように、倒れたとなれば彼の周囲の事情は変る。壮年の長男、次男もいることだし、戸籍上の妻もいるのである。また、何よりも頼りになる、彼を敬愛している若い絵描きたち、画廊の常連といわれる人たちもいるのであった。

　洲之内さんのあの眼が見ていてくれるからおれは絵が描いてゆけるのだ、と思っている絵描きたちが何人もいる。わたしの親しい絵描きのひとりも、その枕頭にじっと坐っていた。

　意識不明とはいえ、洲之内徹は凄じい苦悶をつづけていた。家族たちがそれぞれの事情でちょっとひきあげたあとへ、彼が現役の女房と書いているそのひとが病室

にはいって来た。入院の翌日のことである。居合せた女画家が、

「洲之内先生、ずいぶんお苦しみのように見えますけど、先生ご自身はお感じではないのですって。だから先生はやすらかなんですって。主治医の先生がおっしゃいました」

と、そのひとに話しかけた。

長くヨーロッパに暮している女画家は、個展を開くためにこの春から帰国していた。彼女は一種独特のものいいをする。外国暮しが長いので、彼女が外国へいった当時の東京のいい家庭の女たちは、こういう日本語を喋っていたのであろうか、と思うような、妙にもってまわった丁寧な言葉づかいである。その喋り方は人の耳に刺戟的であった。彼女にとって洲之内徹は神様であった。少し鼻にかかった発音で「すのうちせんせえ」という。洲之内徹も彼女の絵を評価していた。東京には住むところのない彼女のために一時は自分のマンションを明け渡してやったり、大森のアパートを提供したりした。しかし、二人の間は、男と女ということではまったくなかったから、そのひとがその種の誤解をするはずは絶対なかったが、別のところでその女画家にがまんのならない思いがあったのであろう。

「あなたの顔なんか見たくもない。帰ってください。二度とここへは来ないでくだ

さい」

激しい調子でほとばしるように浴せた。

まあまあ、ここは病人の枕頭だから、廊下へ出て下さい。常連の一人が女二人をかかえるようにして押し出して行った。廊下から女たちの激しい応酬が聞えてくる。

それを聞きながら、若い絵描きは、両の拳を固く握りしめて、心のなかでつぶやいていた。

あの女絵描きのやつ、なにをバカなことを言ってやがるんだ。こんなに苦しんでいる洲之内さんが、なにも感じていないなんて、そんなバカなことがあるもんか。わかっているとも。洲之内さんは何もかも感じているんだ。感じているからこそ、こんなに、眼をそむけたいほど、見ていられないほど苦しんでいるんじゃないか。洲之内さん、苦しんでください。ぼくたち、ちゃんと見ていてあげます。あなたは人も殺してきたんだ。女も犯してきたんだ。いま、このあなたの時というい ま苦しまなくてどうするんです。

洲之内さん、憶えていますか。いつか、長い髪を背中に垂らした若い女を選んで車に誘いこみ、次々に犯しては殺して、赤城山中などに埋めていた男が、死刑になったことがありましたね。あのとき、あなたが言いましたね。あの大久保という男は、男のうちにも、人間のうちにもはいらないような、甘ったれたバカ者だよ。しかし、本能に負けてあんなことを仕でかして、死刑になったんだ。だからもういいのさ。とにかく罪を贖《あがな》って死んだんだから。軍隊で敵の女を凌辱した男たちは、本能に負けたわけじゃないんだ。しかし死刑にもならず、平和な日本で口をぬぐって、平然として生きているんだよ。あのバカな男より、こっちの方がよっぽど罪が深いんだ。重いんだ。あなたがそう話したことを、ぼくは憶えています。あなたが忘れるはずはないでしょう。

いまがその近づいているあなたの時なんだ。十分に苦しんで償《つぐな》いをつけてください。いまがあなたの決着の時なんだ。十分に苦しんで、きっぱり決着をつけてください。ぼくはあなたと同じに信仰もなにも持たない男だから、神というものがあるなどとは思っていません。それでべつに困るわけでもありません。洲之内さん、あなたはそう思いませんか。

自分を相手に力の限りたたかって、それで決着をつけて死ぬのなら、それでいいじゃありませんか。いまがあなたのその時なんです。どんなに苦しくても、苦しんで、苦しみぬいて、あなたとしての決着をきちんとつけて行ってください。ぼくたちも、いっしょにここで力んでいます。

洲之内さんあなたの絵を見るときのあの鋭い眼！　暖い眼！　きびしい眼！　ぼくらの持ちこむデッサンを、一枚一枚じっくりと時間をかけて見てくれたあなたのあの眼！　あれは世界中でたった一つしかない眼です。大事な、大事な眼です。あなたの眼は、美しいものをたくさん見て来ました。醜悪な限りのものもたくさん見て来ました。醜悪なものをあまりにたくさん見て来たからこそ、あなたはあんなに美しいものを見たがったのです。洲之内さん、いま、あなたの眼に見えているものは何なのですか。そんなに苦しんで！　地獄を見て来たあなたに、それ以上に怖ろしいものが見えるのですか。洲之内さん、見えるものは、しっかり見てしまってください。ぼくたちもいっしょに、眼をそらさずに見ますから。いまがあなたの時なんです。その時が近づいているのですから……。

洲之内徹の残した子供は男の子ばかり四人であるが、ごく若い日の子供に娘を一人だけ持っている。農民運動をしていたころの子供で、この人も母の手もとで立派に成長している。

洲之内徹コレクションが東北のある美術館で開かれたとき、健康な日の父の語る姿を、地方局のテレビの画面で十分観ているから、と言って臨終の場へは遠慮して現れなかったが、告別式にはさりげなく出席してさりげなく去って行った。わたしはこの人とは一こと言葉を交したかったが、やはり遠慮した。このひとのことを思うと、人生というものは、水のように流れてゆくものである、という感慨がつよくわたしをとらえるのである。

わたしが洲之内徹の主治医に出逢ったのはある絵描きの個展の席であった。

「せめて一年早く診せてほしかったですね」

と主治医は言った。

身体じゅうの臓器が癌に冒されていて、最後に脳に転移したのだ、ということであった。

洲之内徹は一週間を意識不明で過して、一九八七年十月二十八日の午後四時ごろ永眠した。告別式とその前夜祭はともにプロテスタントの教会で行われた。讃美歌が三曲うたわれた。そのなかの「神ともにいまして」は教会嫌いの彼も好きだといっていた曲であった。また逢う日まで、のリフレインがじつにいい、といっていた。

お通夜には、中島みゆきのテープを流してもらいたい、と書いていたことを思い出し、わたしは家に帰ってから、ひとりで中島みゆきを一時間ほど聴いて、そのあとで、やはり彼の大好きであったJohn Coltraneのジャズを聴いた。その夜のColtraneはわたしの心に沁みわたった。これがわたしの最後の青春の日の文学友達である洲之内徹とのほんとうのお別れであった。

教会だろうと何だろうと、もういいや、やっと終ってしまったよ、やれやれだ、とつぶやく彼の声がきこえる。彼がほっとしているだろうと思うと、わたしもやはりほっとするのであった。

❖参考資料

『洲之内徹小説全集』全二巻（東京白川書院）
『絵のなかの散歩』（新潮社）
『気まぐれ美術館』（同）
『帰りたい風景――気まぐれ美術館』（同）
『セザンヌの塗り残し――気まぐれ美術館』（同）
『人魚を見た人――気まぐれ美術館』（同）
『さらば気まぐれ美術館』（同）
トーマス・マン『ヨセフとその兄弟』1　望月市恵・小塩節訳（筑摩書房）

「文学」からの自由――洲之内徹の人生

関川夏央

洲之内徹は一九六九年末、「芸術新潮」誌上にはじめて美術に関する文章を発表した。それは「北陸に埋れた鬼才・佐藤哲三」と題された一稿で、洲之内徹はそのとき五十六歳であった。

佐藤哲三は戦前、十代で梅原龍三郎に「天才」を認められた新潟の画家である。やがて農民運動と児童画の指導に熱中して、以前の画風を失った。しかし戦後間もなく運動の渦中から身をひき、新潟の田園風景をえがくことに沈潜して傑作を残した。しかし元来病弱であった彼は、一九五四年、四十四歳で死んだ。

洲之内徹が佐藤哲三の作品をはじめて見たのは一九六六、七年頃、自分が経営する東京・銀座の「現代画廊」にその作品が持ちこまれたときであった。知名度のわりには高い値がつけられていたので買わなかったが、佐藤哲三がえがく新潟平野に漂う、いわば清涼な悲痛さの気配は、深く心に残った。

六九年、現代画廊で佐藤哲三展をひらくことを決め、絵を集める目的を兼ねて秋の新潟へ行った。佐藤哲三の生涯と仕事に実際の風景をあわせ、重層的に書き上げた報告または私記が、洲之内徹の作家としての遅い出発点となった。そして以後、新潟との公私両面にわたる縁をつないだ。

四十歳代まで洲之内徹は小説家志望者であった。おもに日中戦争中に支那派遣軍宣撫官としてすごした中国での経験を書いた。一部に評価は高かったが、芥川賞に三度、横光利一賞に二度、候補となっていずれも受賞しなかった。

一九五九年、四十六歳のとき、中国山西省太原駐在時代に知りあった作家・田村泰次郎に誘われ、彼が経営する現代画廊の支配人となった。二年後、田村泰次郎から画廊を受継いで独立した。一九六一年下期、最後の芥川賞候補になったとき、四十八歳の洲之内徹はすでに小なりといえど画商であった。だが経営は楽ではなく、画廊も西銀座の表通りから、東銀座の松坂屋裏に移った。それは関東大震災後に建てられた古ビルの階上であった。そして一九八七年秋、七十四歳で死ぬまでそこにとどまった。

実は一九六九年以前にも、洲之内徹は画家とその作品についての原稿を書いたことがあった。画家の名は吉岡憲、戦前、パリへ行くつもりで満鉄のハルビンで途中下車、そのままとどまって制作した人である。当地の白系ロシア人女性をともなって帰国したが別れ、一九五四年、四十歳で鉄道自殺した。洲之内徹は、日本近代史に翻弄されて早死にした作家になぜか愛着した。

だが原稿は、掲載を予定していた文芸誌の編集者の気に染まず、ついに日の目を見なかった。所在はわかっているが、いまも事情があって誰も読むことができないその二百枚の原稿に、洲之内徹が「文学」から、『気まぐれ美術館』というまったく新しいジャンルともいえる書きものに跳躍した秘密がうかがえるのではないか、と私は考えている。

佐藤哲三の一稿をきっかけに、洲之内徹は時折「芸術新潮」に文章を書くようになった。それがまとまり、『絵のなかの散歩』が刊行されたのは一九七三年六月であった。二十代の松山時代に一時文芸評論を書き、大陸にあった八年間を除いて、三十なかばから四十代後半まで小説を書いて「文学彷徨」していた洲之内徹だが、六十歳にして、書くべきものと表現の方法を、ともに獲得したのである。

洲之内徹は一九一三年、松山市中心部にある、名のとおった陶器店の息子として生まれた。生家はクリスチャンで、とくに母親は敬虔な信徒であった。息子はそんな空気に反発しながら、晩年まで母親に愛着しつづけた。

一九三〇年に松山中学を卒業、十七歳で東京美術学校に入学した。両親が美術に進むことを好まなかったので、建築科は妥協の選択であった。

翌年、日本プロレタリア美術家同盟、さらにその翌年には日本共産青年同盟に加入した。左傾化は当時の知識青年としてはありふれた現象で、驚くにあたらない。しかし、労働者の気持を知るには労働者の街に住まなければならぬと、深川東大工町の同潤会アパートに越したことは、やや特殊であった。同潤会アパートは昭和初年には最先端の共同住宅であった。

一九三二年夏、そのアパートで逮捕され、母にともなわれて松山へ帰った。しかし松山でも活動をやめず、一九三三年検挙、今度は一年余刑務所に入った。三四年暮れに釈放されたのは、「転向はできないが、活動はやめる」と誓約したからである。

三八年秋、二十五歳の洲之内徹は、軍の宣撫官に応募、合格して大陸へ渡った。現地実情調査と住民宣撫が任務で、部下は投降中国人の青年たちであった。民族主義と共産主義に対するには元左翼の方がよい、という理屈である。

辣腕の宣撫官として名を上げた洲之内徹は、一九四三年には山西省太原にあって、佐官待遇の「洲之内公館」の長であった。「剃刀《かみそり》のスノさん」とは松山時代の文学仲間からたてまつられた異名だが、そこには頭脳の冴えに対する尊敬の念と、本書『彼もまた神の愛でし子か』の著者・大原富枝がいうごとく、嫌悪する相手を傷つけるときの容赦ない手際への恐れもこめられていた。

帰国して書いた小説には、それが、戦地のにおいとともに濃厚に感じられる。洲之内徹の小説はへたではない。むしろ達者である。しかし作品には、底知れぬ虚無と自己愛の複雑な混淆があり、後味の悪さをもたらす。大原富枝が作中に引用した作家たちの洲之内作品評、たとえば「自分ひとりを大切にしすぎる」（宇野浩二）、「いやに深刻がった紙芝居」（佐藤春夫）などは、その殺伐さの印象を指摘したものであった。

『絵のなかの散歩』につづいて、一九七四年から洲之内徹は「芸術新潮」に『気まぐれ美術館』の連載をはじめた。結果としてその死までの十四年間、百六十五回の長きにわたった長期連載の第一回に、彼はやはり新潟の画家・佐藤清三郎を選んだ。佐藤清三郎は佐藤哲三と同時代を生きた人だが、七四年当時はまったく無名であった。せめて初回には知られた作家を、という編集部の希望に対して洲之内徹は、長谷川利行からはじめるつもりで準備中とこたえたが、それは弁解にすぎなかった。彼の意志はとうに決まっていたのである。『気まぐれ美術館』は結局、単行本五冊分におよぶ長大なひとつながりの読みものとなったのだが、興味の対象は時とともに移るように見えて、つぎの三点で結ばれた三角形の内側にあったといえる。

ひとつは、佐藤哲三、佐藤清三郎などすぐれた画家、しかるに不運な画家への愛着と肩入れである。つぎに、戦地でその複製画を見て衝撃を受けた海老原喜之助「ポワソニエール（女魚売り）」にあるような、「知的で、平明で」、なんのためらいもなく「日常的なものへの信仰を歌っている」明るい光への、身を焦がすような憧憬である。最後に、吉岡憲「おらんだ坂あたり」に見られる、「切羽詰まった想いのようなもの」をたたえた「冷たい光」への深い共感である。

この三点のあいだを自在に往還しつつ、洲之内徹は、自分の歴史と昭和の日本人の歴史を語りつづけた。そこには、多彩すぎる女性遍歴の回想、あるいは悔恨のスタイルをとった自慢もしばしば見えはしたが、それが私小説に堕す直前にきわどく節制し得たのは、美術を通しての思索と語りという条件を忠実に守ったためであった。往々にして、束縛は自由を生むのである。

クリスチャン的家庭環境。左翼運動体が内部に必然的に備える不毛さ。戦地における人間性の喪失とその行為。さらには「文学という制度」への過剰な信頼。日本近代の問題と矛盾を一身中にみなぎらせたかのような洲之内徹であったが、美を見る目だけは、最後まで清浄であった。美をもとめる心は誠実であった。それが『気まぐれ美術館』を名作たらしめた唯一無二の理由であろう。

洲之内徹は小説で成功しなくて幸運であった。もし芥川賞をもらっていたなら、大半の受賞作家がそうであるように、とうに忘れられていただろう。大陸渡航以前からの古い友・大原富枝は、洲之内徹の死の二年後にこの愛情に満ちた評伝『彼もまた神の愛でし子か』を書いたのだが、私は小説至上主義、文芸至上主義に味方しない。

洲之内徹は「神の愛でし子」ではなかった。彼は「神」を否定しようとしつつ「美」を愛でた。そうしながら昭和日本そのものとおなじく、矛盾と波乱に満ちた七十四年余の人生を、総体としては誠実に送った人であった。

（作家）

編集附記

・『彼もまた神の愛でし子か――洲之内徹の生涯』は、一九八九年、「群像」三月号に発表、同年七月、講談社より単行本として刊行され、一九九六年二月、大原富枝全集第七巻（小沢書店）に収録された。本書は全集版を底本に、明らかな誤記誤植を訂正し、多少振り仮名を加えた。

・なお、今日の人権意識に照らして不適切な語句、及び、引用文における原文との表記上の異同については、著者が故人であることに鑑み、そのままとした。

（編集部）

彼もまた神の愛でし子か
——洲之内徹の生涯

二〇〇八年八月二十九日　第一刷発行

著者……大原 富枝
発行者……布施 知章
発行所……株式会社ウェッジ
〒101-0047
東京都千代田区内神田一-一三-七　四国ビル六階
TEL：03-5280-0528　FAX：03-5217-2661
http://www.wedge.co.jp　振替 00160-2-410636
装丁……上野かおる
装画……北野 久美
組版……株式会社リリーフ・システムズ
印刷・製本所……図書印刷株式会社

※定価はカバーに表示してあります。
ISBN978-4-86310-027-5 C0195

ウェッジ文庫